COLLECTION FOLIO

E. M. Cioran

Ébauches de vertige

Gallimard

Ce texte est extrait d'*Écartèlement*
in *Œuvres* (Quarto).

Emile Michel Cioran est né à Rasinari, petit village isolé des Carpates en Roumanie, le 8 avril 1911, d'un père de confession orthodoxe. Très jeune, il découvre Nietzsche, Dostoïevski et Schopenhauer qui auront une grande influence sur sa pensée. Il suit des études de philosophie à l'université de Bucarest et fait une thèse sur Bergson. À vingt ans, il est en proie à une grave crise morale et décide de devenir écrivain afin d'atténuer « une sorte de pression intérieure ». Son premier livre, *Sur les cimes du désespoir,* paraît en 1933. Cioran y dénonce comme autant d'illusions les justifications que se donnent les hommes pour conférer un sens à leur existence. Les années suivantes, il ressent de plus en plus fortement le besoin de quitter la Roumanie. En 1937, envoyé en France par l'Institut français de Bucarest, il s'installe à Paris où il apprend le français, bien décidé à écrire dans cette langue. Son premier livre en français, *Précis de décomposition,* paraît en 1949. Il y écrit : « Ce qu'il faut détruire dans l'homme, c'est sa propension à croire, son appétit de puissance, sa faculté monstrueuse d'espérer, sa hantise d'un dieu. » D'une écriture extrêmement précise et usant d'aphorismes comme les penseurs du XVIIIe siècle, Cioran n'aura de cesse d'examiner au microscope la souffrance d'exister en situant le désespoir au cœur même de toute véritable réflexion philosophique. Dans *Syllogismes de l'amertume* en 1952, du premier au dernier paragraphe, une même obsession s'affirme : celle de conserver au doute le double privilège de l'anxiété et du sourire. *La tentation d'exister* (1956) n'est qu'une protestation contre la lucidité, une apologie pathétique du mensonge, un retour à quelques fictions salutaires. Il se tourne ensuite vers l'histoire collective dans *Histoire et utopie* (1960) pour conclure que tout essor, tout excès mettent la liberté en péril, tout délire neuf s'achève en servitude. En 1969, il consacre un essai, *Le mauvais démiurge*, à réfléchir sur l'impossible conciliation entre l'idée de Dieu et l'omniprésence du Mal. Malgré des pages très sombres, il conclut pourtant : « Nous sommes au fond d'un enfer dont chaque instant est un miracle. » Se tenant résolument en marge de ses contemporains, il publie quatre ans plus tard *De l'inconvénient d'être né*, puis *Écartèlement* en 1979, *Aveux et anathèmes* en 1986. Emile Michel Cioran meurt à Paris en juin 1995.

Grand penseur moderne, Cioran a laissé une œuvre dans laquelle il souhaitait que chaque livre bouleverse et remette tout en question, sapant ainsi les fondements du confort intellectuel.

Découvrez, lisez ou relisez les livres d'E. M. Cioran :

SYLLOGISMES DE L'AMERTUME (Folio essais n° 79)

HISTOIRE ET UTOPIE (Folio essais n° 53)

DE L'INCONVÉNIENT D'ÊTRE NÉ (Folio essais n° 80)

PRÉCIS DE DÉCOMPOSITION (Tel n° 18)

LA TENTATION D'EXISTER (Tel n° 99)

I

« Si l'on pouvait enseigner la géographie au pigeon voyageur, du coup son vol inconscient, qui va droit au but, serait chose impossible » (Carl Gustav Carus).
L'écrivain qui change de langue se trouve dans la situation de ce pigeon savant et désemparé.

C'est une erreur de vouloir faciliter la tâche du lecteur. Il ne vous en saura pas gré. Il n'aime pas comprendre, il aime piétiner, s'enliser, il aime être *puni.* D'où le prestige des auteurs confus, d'où la pérennité du fatras.

Bloy parle de l'*occulte médiocrité* de Pascal. La formule me paraît sacrilège et elle l'est en effet, bien qu'elle ne le soit pas absolument, vu que Pascal, excessif en tout, l'a été aussi en matière de bon sens.

Les philosophes écrivent pour les professeurs ; les penseurs, pour les écrivains.

The Anatomy of Melancholy. — le plus beau titre jamais trouvé. Qu'importe après que le livre soit plus ou moins indigeste !

Peut-être ne faudrait-il publier que le premier jet, avant donc de savoir soi-même où l'on veut en venir.

Seules les œuvres inachevées, car inachevables, nous incitent à divaguer sur l'essence de l'art.

En quoi serais-je plus avancé d'avoir la foi, puisque je comprends Maître Eckhart aussi bien que si je la possédais ?

Ce qui ne peut se traduire en termes de mystique ne mérite pas d'être vécu.

S'apparenter à cette Unité primordiale dont le Rigveda dit qu'elle « respirait d'elle-même sans souffle ».

Entretien avec un sous-homme. Trois heures qui auraient pu tourner au supplice, si je ne m'étais répété sans cesse que je ne perdais pas mon temps, que j'avais quand même la chance de contempler un spécimen de ce que sera l'humanité dans quelques générations...

Je n'ai connu personne qui aimât la déchéance autant qu'elle. Et pourtant elle s'est tuée pour y échapper.

L. veut savoir si j'ai la ligne du suicide, mais je cache mes mains et, plutôt que de les lui montrer, je porterai toujours des gants en sa présence.

Un livre doit remuer des plaies, en provoquer même. Un livre doit être un *danger*.

Au marché, deux vieilles s'entretiennent gravement. Au moment de se séparer, l'une d'elles, la plus détériorée, conclut : « Pour être tranquille, il faut rester dans la normale de la vie. »
C'est, au langage près, ce que professait Épictète.

C. me parle d'un séjour à Londres, où, dans une chambre d'hôtel, pendant tout un mois, il est resté immobile *face au mur*. Ce fut pour lui un bonheur rare qu'il eût souhaité sans terme. Je lui cite une expérience analogue, celle du missionnaire bouddhiste Bodhidharma, qui, elle, avait duré neuf ans...
Comme je jalouse sa prouesse, dont il ne tire aucun orgueil, je lui dis que si même elle demeurait son unique exploit, elle devrait encore le rehausser à ses propres yeux et l'aider à surmonter les crises de prostration dont il ne sait comment sortir.

Paris se réveille. En ce matin de novembre, il fait encore noir : avenue de l'Observatoire, un oiseau — un seul — s'essaie au chant. Je m'arrête et j'écoute. Soudain des grognements dans le voisinage. Impossible de savoir d'où ils viennent. J'avise enfin deux clochards qui dorment sous une camionnette : l'un d'eux doit faire quelque mauvais rêve. Le charme est rompu. Je déguerpis. Place Saint-Sulpice, dans la vespasienne, je tombe sur une petite vieille à demi nue... Je pousse un cri d'horreur et me précipite dans l'église, où un prêtre bossu, à l'œil malin, explique à une quinzaine de déshérités de tout âge que la fin du monde est imminente et le châtiment terrible.

Heureux tous ceux qui, nés avant la Science, avaient le privilège de mourir dès leur première maladie !

Avoir introduit le soupir dans l'économie de l'intellect.

Mes fatigues, mes troubles, mon intérêt forcé pour la physiologie m'ont amené très tôt au mépris de toute spéculation comme telle. Et si, durant tant d'années, je n'ai fait aucun progrès en rien, du moins aurai-je appris à fond ce que c'est qu'un *corps.*

Un vieil ami, clochard, ou, si on préfère, musicien ambulant, étant retourné quelque temps chez ses parents dans les Ardennes, eut, un dimanche matin, à cause d'une vétille, une vive dispute avec sa mère, institutrice retraitée, au moment où elle s'apprêtait à aller à la messe. Hors d'elle, soudain pâle et muette, elle jeta par terre son chapeau, son manteau, son corsage, sa jupe, sa culotte et ses bas, et, toute nue, exécuta une danse lascive devant son mari et son fils, collés contre le mur, épouvantés et paralysés, incapables de l'arrêter d'un geste ou d'un mot. La performance terminée, elle s'écroula dans un fauteuil et se mit à sangloter.

Au mur, une gravure représentant la pendaison de partisans armagnacs, dont le regard est fait de ricanement, d'hilarité et d'extase. On dirait qu'ils ne redoutent rien tant que de voir leur supplice finir...
Le spectacle de ce bonheur indicible et provocant, on n'arrive pas à s'en rassasier.

L'amitié étant incompatible avec la vérité, seul est fécond le dialogue muet avec nos ennemis.

Nos proches devraient prendre soin de mourir à un moment où nous ne traversons pas une période d'atonie. Sans quoi, quel effort pour s'intéresser à leur mésaventure !

« Et les derniers seront les premiers. » — C'est au Collège de France, le 30 janvier 1958, au cours de Puech sur l'Évangile selon Thomas, que cette rengaine, tombée au milieu d'un commentaire érudit, me plongea dans un état étrange. L'aurais-je entendue en pleine agonie, qu'elle ne m'aurait pas remué autant.

Un poète espagnol m'envoie une carte de vœux figurant un rat, symbole, écrit-il, de tout ce que nous pouvons « esperar » de l'année. De toutes les années, aurait-il pu ajouter.

Quiconque est assez insensé pour s'embarquer dans une œuvre, de quelque nature soit-elle, ne tolère pas, au fond de lui-même, la moindre restriction sur ce qu'il fait. Ses doutes sur soi le minent trop pour qu'il puisse affronter encore ceux qu'il inspire aux autres.

Un Ancien disait que la doctrine d'Épicure avait la « douceur des sirènes ».
Ce serait peine perdue que de chercher le système moderne qui mériterait un tel éloge.

Quand je lis Hérodote, il me semble entendre un paysan de l'Est raconter et « philosopher ». — Ce n'est pas pour rien qu'il avait voyagé chez les Scythes.

Visite d'un jeune homme qu'une dame m'avait recommandé, en précisant bien qu'il s'agissait d'un « génie ». Après m'avoir donné des détails sur un voyage qu'il venait de faire en Afrique, il me parla de ses préoccupations, de ses lectures, de ses projets. Dans tout ce qu'il disait, il y avait quelque chose qui n'allait pas, une fièvre vide, qui me mettait mal à l'aise. Impossible de savoir qui il était et ce qu'il valait. Au bout d'une heure, il se leva, je me levai aussi, il me regarda fixement et, tout à la fois concentré et absent, s'avança dans ma direction lentement, très lentement, comme un escargot halluciné. Je me rappelle avoir fait la remarque : « Ce génie veut m'assassiner », et me reculai d'un pas, avec la ferme résolution de lui appliquer un coup de poing en pleine figure s'il continuait à s'approcher. Il s'arrêta, eut un geste nerveux, comme s'il se faisait violence, et que, autre docteur Jekyll, il résistât à quelque sinistre métamorphose, puis se calma, retourna s'asseoir en s'efforçant de sourire. Je ne lui posai aucune question qui pût le troubler. Nous reprîmes la conversation exactement où elle avait été interrompue, et à mesure qu'il revenait à lui-même, je sentais que *son* état me gagnait et que maintenant c'était à moi de me lever. Quand heureusement il eut l'idée de s'en aller.

C'est mon défaut d'élocution, mes balbutiements, ma façon saccadée de parler, mon *art* de bredouiller, c'est ma voix, mes *r* de l'autre bout de l'Europe, qui m'ont poussé par réaction à soigner quelque peu ce que j'écris et à me rendre plus ou moins digne d'un idiome que je malmène chaque fois que j'ouvre la bouche.

Parmi les misères (vieillesse, maladie, etc.) qui justifient la quête de la délivrance, le

Bouddha cite le « trac de l'acteur » ! En fait de trac, il fallait commencer et finir par celui du vivant en tant que vivant.

Cet octogénaire m'avoue, sous le sceau du secret, qu'il vient d'éprouver pour la première fois de sa vie la tentation de se tuer. Pourquoi tant de mystère ? Honte d'avoir attendu si longtemps pour connaître un désir si légitime ou, au contraire, horreur devant ce qu'il doit tenir pour une monstruosité ?

Pascal, et c'est bien dommage, n'a pas cru bon de s'arrêter sur le suicide. C'était pourtant un sujet pour lui. Sans doute aurait-il été *contre*, mais avec des concessions révélatrices.

« Le goût de l'extraordinaire est le caractère de la médiocrité » (Diderot).
... Et l'on s'étonne encore que le siècle des Lumières n'ait rien compris à Shakespeare.

On n'écrit pas parce qu'on a quelque chose à dire mais parce qu'on a *envie* de dire quelque chose.

S'il est un instant où l'on devrait pouffer de rire, c'est lorsque, sous l'effet d'un intolérable malaise nocturne, on se lève sans savoir si on rédigera ses dernières volontés ou si l'on se bornera à quelque misérable aphorisme.

Qu'est-ce que la douleur ? — Une sensation qui ne veut pas s'effacer, une sensation *ambitieuse.*

Exister est un plagiat.

D'après la Kabbale, dès qu'un être est conçu, il porte dans le sein de sa mère un signe lumineux qui s'éteint à sa naissance...

Je ne voudrais pas vivre dans un monde vidé de tout sentiment religieux. Je ne songe pas à la foi mais à cette vibration intérieure, qui, indépendante de quelque croyance que ce soit, vous projette en Dieu, et quelquefois *au-dessus.*

« Personne n'a jamais pu se délivrer du Temps. »
Je le savais. Mais quand c'est dans le Mahâ-

bhârata qu'on le lit, on le sait pour toujours.

Si le récit de la Chute est si frappant, c'est que l'auteur n'y décrit pas des entités ni des symboles : il *voit* un Dieu se promenant bel et bien dans un jardin, un Dieu *rural*, comme l'a si justement qualifié un exégète.

« Toutes les fois que je pense à la crucifixion du Christ, je commets le péché d'envie. »
Si j'aime tant Simone Weil, c'est pour les propos où elle rivalise d'orgueil avec les plus grands saints.

Il est faux de prétendre que l'homme ne peut vivre sans dieux. Tout d'abord il en crée des simulacres ; ensuite, il supporte tout et s'habitue à tout. Il n'est pas assez noble pour périr par déception.

Dans ce rêve, j'encensais quelqu'un que je méprise. En me réveillant, dégoût plus grand de moi-même que si j'avais commis réellement une telle bassesse.

Je n'ai l'impression d'être efficace, d'être dans le coup, de faire quelque chose de positif, que lorsque je m'allonge pour me livrer à une interrogation sans fin et sans objet.

La stérilité rend lucide et impitoyable. Dès qu'on cesse de produire, on trouve sans inspiration et sans substance tout ce que font les autres. Jugement sans doute vrai. Mais il fallait le porter avant, lorsqu'on produisait, lorsque justement on faisait comme les autres.

La véritable élégance morale consiste dans l'art de déguiser ses victoires en défaites.

Ces cauchemars ratés, ces cauchemars qui traînent, qui se prolongent, faute de nouvelles catastrophes. Se réveiller en sursaut par manque d'intérêt !

La mort est un état de perfection, le seul à la portée d'un mortel.

Du temps que je fumais sans arrêt, la cigarette, après une nuit blanche, avait une saveur funèbre qui me consolait de tout.

Dans ce train de banlieue, une petite fille (cinq ans ?) lit un livre illustré. Elle tombe sur le mot « passage » et en demande la signification à sa mère qui s'exécute : « Passage, c'est le train qui passe, c'est un homme qui passe dans la rue, c'est le vent qui passe... » La gamine, qui a l'air très éveillé, ne semble pas satisfaite de la réponse. Sans doute trouve-t-elle les exemples trop *concrets.*

Ce jour-là nous parlions à table « théologie ». La bonne, une paysanne illettrée, écoutait debout. « Je ne crois en Dieu que quand j'ai mal aux dents », dit-elle. Après toute une vie, son intervention est la seule dont je me souvienne.

Dans un hebdomadaire anglais, une diatribe contre Marc Aurèle, que l'auteur accuse d'hypocrisie, de philistinisme et de pose. Furieux, je m'apprêtais à répondre quand, pensant à l'empereur, je me suis vite ressaisi. Il était juste que je ne m'indigne pas au nom de celui qui m'a appris à ne m'indigner jamais.

Toute concession qu'on fait s'accompagne d'un amoindrissement intérieur dont on n'est pas conscient sur le coup.

À cet ami qui me dit s'ennuyer parce qu'il ne peut pas travailler, je réponds que l'ennui est un état *supérieur*, et que c'est le rabaisser que de le mettre en rapport avec l'idée de travail.

Exister est un phénomène colossal — *qui n'a aucun sens.* C'est ainsi que je définirais l'ahurissement dans lequel je vis jour après jour.

Vous me laissiez entendre que je ne valais rien quand j'affirmais que je n'étais à mon avantage que lorsque je doutais.
Mais je ne suis pas un douteur, je suis un idolâtre du doute, un douteur en ébullition, un douteur en transe, un fanatique sans credo, un héros de la fluctuation.

L'enquête d'Œdipe, la poursuite sans ménagements, voire sans scrupules, de la vérité, l'acharnement à sa propre ruine rappelle la démarche et le mécanisme de la Connaissance, activité éminemment incompatible avec l'instinct de conservation.

Être *persuadé* de quoi que ce soit est un exploit inouï, presque miraculeux.

Ce qu'on peut reprocher au Nietzsche de la fin, c'est l'excès haletant de l'écriture, c'est l'absence de *temps morts.*

Seules portent, seules sont contagieuses les paroles issues de l'illumination ou de la frénésie, deux états où l'on est *méconnaissable.*

Le Christ, a-t-on soutenu, ne fut pas un *sage,* témoin les paroles qu'il a prononcées à l'occasion de la Cène : « Faites ceci en ma mémoire. » Or, le sage ne parle jamais en son propre nom : le sage est impersonnel.
Admettons. Seulement le Christ n'a pas prétendu en être un. Il s'était pris pour un dieu, et cela exigeait un langage moins modeste, un langage personnel justement.

On peine, on se démène, on se sacrifie, en apparence pour soi, en fait pour n'importe qui, pour un ennemi futur, pour un ennemi inconnu. Et cela est encore plus vrai des peuples que des individus. Héraclite s'est trompé : ce n'est pas la foudre, c'est l'ironie qui gouverne l'univers. C'est elle qui est la loi du monde.

Même quand rien ne se passe, tout me semble de trop. Que dire alors en présence d'un événement, de tout événement ?

La plus grande des folies est de croire que nous marchons sur du solide. Dès que l'histoire se signale, nous nous persuadons du contraire. Nos pas paraissaient adhérer au sol, et nous découvrons brusquement qu'il n'y a rien qui ressemble au sol, qu'il n'y a rien non plus qui ressemble à des pas.

Au Zoo. — Toutes ces bêtes ont une tenue décente, hormis les singes. On sent que l'homme n'est pas loin.

Dans le *Journal* de Dangeau on peut lire : « Mme la duchesse d'Harcourt demande et obtient la succession d'un nommé Foucault qui s'est donné la mort. » — « Aujourd'hui le roi a donné à la dauphine un homme qui s'est tué lui-même. Elle espère en tirer beaucoup d'argent. »
S'en souvenir quand on est tenté d'innocenter les perruques et qu'on s'arrête interdit devant la guillotine.

Impossible d'accéder à la vérité par des opinions, car toute opinion n'est qu'un point de vue *fou* sur la réalité.

Suivant une légende hindoue, Shiva, à un moment donné, se mettra à danser, d'abord lentement, puis de plus en plus vite, et il ne s'arrêtera pas avant d'avoir imposé au monde une cadence effrénée, en tout point opposée à celle de la Création.
Cette légende ne comporte aucun commentaire, l'histoire ayant pris à tâche d'en illustrer le bien-fondé.

Alors qu'on préparait la ciguë, Socrate était en train d'apprendre un air de flûte. « À quoi cela te servira-t-il ? lui demande-t-on. — À savoir cet air avant de mourir. »
Si j'ose rappeler cette réponse trivialisée par les manuels, c'est parce qu'elle me paraît l'unique justification sérieuse de toute volonté de connaître, qu'elle s'exerce au seuil même de la mort ou à n'importe quel autre moment.

D'après Origène, seules les âmes portées au mal, « ayant leurs ailes brisées », revêtent des corps.
En d'autres termes, sans un appétit funeste, point d'incarnation ni d'histoire. C'est là une évidence effrayante qui devient tolérable dès qu'on l'entoure du moindre appareil théologique.

Le vrai Messie ne surgira, dit-on, qu'au milieu d'un monde « entièrement juste » ou « entièrement coupable ». La seconde éventualité méritant seule considération, puisqu'elle est presque en vue et qu'elle s'accorde si bien avec ce qu'on *sait* de l'avenir, le Messie a toutes les chances de se produire enfin et de répondre ainsi moins à une très vieille attente qu'à une très vieille appréhension.

J'ai noté maintes fois qu'il est plus facile de se rendormir après un rêve où l'on est assassiné qu'après un rêve où l'on est assassin. Un bon point pour l'assassin.

À Saint-Séverin, un chœur italien chante les *Lamentations de Jérémie* de Cavalieri. Au plus fort de l'émotion, je me dis qu'à la première occasion je réglerai son compte à... Dans les moments les plus « éthérés », je suis invariablement saisi par le désir de me venger sur l'heure d'une offense nullement récente, mais vieille de dix, de vingt, de trente ans.

Il n'est personne dont, à un moment ou l'autre, je n'aie souhaité la mort.

D., bon psychologue malgré son gâtisme, tenait à ses trouvailles. Chaque fois que je le rencontrais, il me disait que mes rages le faisaient penser à celles du roi Lear, dont il me déclamait aussitôt la menace : «Je ferai des

choses..., ce qu'elles seront, je ne le sais pas encore, mais elles épouvanteront la terre. »
Sur quoi, le petit vieux riait comme un enfant.

Suivant un texte hassidique, celui qui ne trouve pas la vraie voie, ou s'en écarte de propos délibéré, en arrive à vivre uniquement par « fierté diabolique ».
Le moyen de ne pas se sentir visé !

Éternité : je me demande comment, sans en perdre la raison, j'ai pu articuler tant de fois ce mot.

« Et je vis les morts, petits et grands, debout devant Dieu. »
Petits et grands ! trait involontaire d'humour. Même dans l'Apocalypse, les riens comptent, que dis-je ? ce sont eux qui en constituent l'attrait.

La mort, quel déshonneur ! Devenir soudain *objet*...

Détester quelqu'un, c'est vouloir qu'il soit n'importe quoi, sauf ce qu'il est. T. m'écrit que je suis l'homme qu'il aime le plus au monde..., mais il m'adjure en même temps d'abandonner mes obsessions, de changer de chemin, de devenir autre, de rompre avec celui que je suis. Autant dire qu'il refuse mon *être.*

Détachement, sérénité, — mots vagues et presque vides, excepté dans ces instants où nous aurions répondu par un sourire si on nous avait annoncé que nous n'en avions plus que pour quelques minutes.

De tout ce qui est censé appartenir au « psychique », rien ne relève autant de la physiologie que le cafard, actif dans les tissus, dans le sang, dans les os, dans n'importe quel organe pris isolément. Si on le laissait faire, il démolirait jusqu'aux ongles.

Par souci thérapeutique, il avait mis dans ses livres tout ce qu'il pouvait y avoir d'impur en lui, le résidu de sa pensée, la lie de son esprit.

Offrande musicale, Art de la fugue, Variations Goldberg : j'aime en musique, comme en philosophie et en tout, ce qui fait mal par l'insistance, par la récurrence, par cet interminable retour qui touche aux dernières profondeurs de l'être et y provoque une délectation à peine soutenable.

Quel dommage que le « néant » ait été dévalorisé par l'abus qu'en ont fait des philosophes indignes de lui !

Quand on s'est arrogé le monopole de la déception, on doit se faire violence pour reconnaître à quelqu'un d'autre le droit d'être déçu.

Rien ne rend modeste, pas même la vue d'un cadavre.

Tout acte de courage est le fait d'un déséquilibré. Les bêtes, normales par définition, sont toujours lâches, sauf quand elles *se savent* plus fortes, ce qui est la lâcheté même.

Si tout convergeait vers le mieux, les vieillards, furieux de ne pouvoir en profiter, mourraient tous de dépit. Heureusement pour eux, le cours qu'a pris l'histoire dès le commencement les rassure et leur permet ainsi de crever sans la moindre trace de jalousie.

Quiconque parle le langage de l'utopie m'est plus étranger qu'un reptile d'une autre ère.

On ne peut être content de soi que lorsqu'on se rappelle ces instants où, selon un mot japonais, on a perçu le *ah !* des choses.

L'illusion enfante et soutient le monde ; on ne la détruit pas sans le détruire. C'est ce que je fais chaque jour. Opération apparemment inefficace, puisqu'il me faut la recommencer le lendemain.

Le temps est rongé du dedans, exactement comme un organisme, comme tout ce qui est affecté par la vie. Qui dit temps dit lésion, et quelle lésion !

J'ai compris que j'avais vieilli quand j'ai commencé à sentir que le mot Destruction perdait de son pouvoir qu'il ne me donnait plus ce frisson de triomphe et de plénitude, voisin de la prière, d'une prière agressive...

À peine avais-je terminé une série de réflexions plutôt lugubres, que je fus saisi de cet amour morbide de la vie, punition ou récompense de ceux-là seuls qui sont voués à la négation.

II

Il m'est arrivé d'avancer que je ne pourrais admirer qu'un homme déshonoré et heureux. Je viens de m'apercevoir qu'Épictète était allé plus loin : *agonisant* et *heureux*, disait-il. Cependant il est peut-être plus facile d'exulter dans l'agonie que dans l'ignominie.

L'idée de l'Éternel Retour ne peut être pleinement saisie que par celui qui est doté de plusieurs infirmités chroniques, donc récurrentes, et qui a ainsi l'avantage de passer de rechute en rechute, avec tout ce que cela implique comme réflexion philosophique.

Un homme qui se respecte n'a pas de patrie. Une patrie, c'est de la glu.

Une librairie de médecine. À la devanture, au tout premier plan, un squelette. J'ai craché de dégoût. Après, je me suis dit que j'aurais dû faire preuve d'un peu de gratitude, vu que tant de fois j'ai célébré ces os sardoniques, dont l'idée, sinon l'image, m'a si charitablement soutenu dans mainte circonstance.

Dès qu'on sort dans la rue, à la vue des gens, *extermination* est le premier mot qui vient à l'esprit.

C'est commettre une effraction qu'envoyer un livre à quelqu'un, c'est un viol de domicile. C'est empiéter sur sa solitude, sur ce qu'il a de plus sacré, c'est l'obliger à se désister de lui-même pour penser à vos pensées.

À l'enterrement de C. je me disais : « Voilà enfin quelqu'un qui n'a pas eu un seul ennemi. » — Ce n'est pas qu'il fût médiocre mais il ignorait à un point inouï *l'ivresse de blesser.*

X. ne sait plus que faire de lui-même. Les événements le troublent outre mesure. Sa panique m'est salutaire : elle m'oblige à le calmer, et cet effort de persuasion, cette recherche d'arguments apaisants, m'apaise à mon tour. Pour rester en deçà de l'affolement, il faut fréquenter plus affolé que soi.

Tous ces yeux durs, méchants. En cas d'émeute, on n'ose imaginer leur expression. Le mot « prochain » n'a aucun sens dans une grande ville. C'est un vocable qui était légitime dans les civilisations rurales, où les gens se connaissaient de près, et pouvaient s'aimer et se détester en paix.

Rituel tantrique : au cours de la séance d'initiation on vous présente un miroir qui vous renvoie votre image. En la contemplant,

vous comprenez que vous n'êtes que cela, c'est-à-dire rien.
À quoi bon tant de simagrées, quand il est si facile de s'aviser du peu que l'on est ?

Plotin n'a connu que quatre extases ; Ramana Maharshi, une seule. Qu'importe le nombre !
S'il faut plaindre quelqu'un, c'est celui qui n'en a jamais pressenti aucune, et qui en parle par ouï-dire.

Ce petit bonhomme aveugle, âgé de quelques jours, qui tourne la tête de tous côtés en cherchant on ne sait quoi, ce crâne nu, cette calvitie originelle, ce singe infime qui a séjourné des mois dans une latrine et qui bientôt, oubliant ses origines, crachera sur les galaxies...

Chez presque tous les penseurs, on peut noter le besoin de *croire* aux sujets dont ils traitent, ils s'y identifient même jusqu'à un certain point. Ce besoin, condamnable en théorie, se révèle néanmoins une bénédiction, puisque c'est grâce à lui qu'ils ne se dégoûtent pas de penser...

S'il y avait une forme courante, voire officielle, de se tuer, le suicide serait beaucoup plus aisé et beaucoup plus fréquent. Mais comme pour en finir il faut chercher sa propre voie, on perd un temps si important à méditer sur des vétilles qu'on en oublie l'essentiel.

Pendant quelques minutes je me suis concentré sur le *passage* du temps, toute mon attention rivée à l'émergence et à l'évanouissement de chaque instant. À vrai dire, mon esprit ne se fixait pas sur l'instant individuel (qui n'existe pas), mais sur le fait même du passage, sur l'interminable désagrégation du présent. On ferait cette expérience sans interruption pendant toute une journée, que le cerveau se désagrégerait à son tour.

Être, c'est être coincé.

Dans les familles fêlées, un rejeton surgit qui se voue à la vérité et qui se perd en la cherchant.

Ce qui m'a étonné le plus chez la plupart des philosophes que j'ai pu approcher, c'était le manque de jugement. Toujours à côté. Une remarquable inaptitude à la justesse. — Le pli de l'abstraction vicie l'esprit.

Depuis, mettons, une quarantaine d'années, pas de jour où je n'aie eu quelque chose comme une crise *non déclarée* d'épilepsie. C'est ce qui m'a permis d'être en forme et de sauver les apparences.
... *Quelles apparences* ?

Les natures capables d'objectivité en toute occurrence donnent l'impression d'être sorties du normal. Que s'est-il brisé ou perverti en elles ? Impossible de le savoir mais on devine quelque trouble sérieux, quelque anomalie. L'impartialité est incompatible avec la volonté de s'affirmer ou tout simplement d'exister. Reconnaître les mérites d'autrui est un symptôme alarmant, un acte contre nature.

« Ni ce monde, ni l'autre, ni le bonheur ne sont pour l'être abandonné au doute. »

Cet endroit de la Gîtâ est mon arrêt de mort.

J'essaie de combattre l'intérêt que je prends pour elle, je me figure ses yeux, ses joues, son nez, ses lèvres, en pleine putréfaction. Rien n'y fait : l'indéfinissable qu'elle dégage persiste. C'est dans des moments pareils que l'on comprend pourquoi la vie a réussi à se maintenir, en dépit de la Connaissance.

Une fois qu'on a compris, le mieux serait de crever sur l'heure. Qu'est-ce que *comprendre*? Ce qu'on a vraiment saisi ne se laisse exprimer d'aucune façon, et ne peut se transmettre à personne, même pas à soi-même, de sorte qu'on meurt en ignorant la nature exacte de son propre secret.

Ne plus concevoir que des choses sur lesquelles on se plairait à ruminer dans un tombeau.

Je me suis toujours emballé pour des causes perdues et pour des personnages sans avenir, dont j'ai épousé les folies au point d'en souffrir presque autant qu'eux. Quand on est voué à se tourmenter, ses propres tourments, si grands soient-ils, ne suffisent pas ; on se jette encore sur ceux des autres, on se les approprie, on se rend doublement, triplement, que dis-je ? centuplement malheureux.

N'avoir le sens du *perpétuel* que dans le négatif, dans ce qui fait mal, dans ce qui contrarie l'être. Perpétuité de menace, d'inaboutissement, d'extase désirée et ratée, d'absolu entrevu, rarement atteint ; quelquefois cependant dépassé, sauté, comme lorsqu'on s'évade de Dieu...

En bordure du bois, un ramier en panne. Quelque plomb égaré avait dû le toucher. Il ne pouvait avancer qu'en sautillant. Ses mouvements comiques, *dont il paraissait s'amuser*, donnaient à son agonie un caractère allègre. J'aurais aimé l'emporter, car il faisait froid et la nuit approchait. Mais je ne savais à qui le confier : personne n'en aurait voulu dans cette Beauce renfermée et morose. Je ne pouvais tout de même pas essayer d'apitoyer le chef de la petite gare où j'allais prendre le train. Et c'est ainsi que j'ai abandonné le ramier à sa *joie* de mourir.

Avoir été harcelé depuis toujours par des maux éminemment fidèles et ne réussir à convaincre personne de leur réalité. Pourtant, en y réfléchissant bien, ce n'est que justice : on ne déploie pas impunément, en compagnie, des talents de bavard et de boute-en-train. Comment, après, faire admettre l'existence d'un martyr *gai*?

Être las non seulement de ce qu'on a désiré mais encore de ce qu'on *aurait* pu désirer ! En fait, de tout désir possible.

Les saints de qualité ne tenaient pas à faire des miracles ; ils s'y prêtaient à contrecœur, comme si *quelqu'un* leur avait forcé la main. Une si vive répugnance à en accomplir leur venait sans doute de la peur de tomber dans le péché d'orgueil et de céder à la tentation du titanisme, au désir d'égaler Dieu et de lui voler ses pouvoirs.
Parfois, au paroxysme de la volonté, on conçoit qu'on puisse *forcer* les lois de la nature.

Ces moments sont si exténuants qu'ils vous laissent pantelant, démuni de l'énergie intérieure qui pourrait enfreindre et piétiner ces lois. Si l'intention seule du miracle épuise, que serait-ce alors du miracle même ?

Toutes les fois qu'on tombe sur quelque chose d'existant, de réel, de plein, on aimerait faire sonner toutes les cloches comme à l'occasion des grandes victoires ou des grandes calamités.

Connaître, au milieu d'une foire, des sensations dont auraient été jaloux les Pères du Désert.

Je voudrais proclamer une vérité qui me chasserait à jamais des vivants. Je ne connais que les états mais non les mots qui me permettraient de la formuler.

Vous avez osé appeler le Temps votre « frère », prendre pour allié le pire des tortionnaires. Sur ce point, nos différences éclatent : vous marchez de pair avec lui, tandis que, moi, je le précède ou le suis à la traîne sans jamais adopter ses façons, et ne puis le considérer qu'en éprouvant à son égard quelque chose comme un *chagrin spéculatif.*

Selon l'auteur gnostique de l'*Apocalypse de Jean*, c'est rester en deçà du Très-Haut que de l'appeler *infini*, car Il est, dit-il, « *beaucoup mieux que cela* ».
On aimerait connaître le nom de cet auteur qui a si remarquablement vu en quoi consiste l'extravagante singularité de Dieu.

Dommage qu'on ne puisse faire des progrès dans la modestie ! Je m'y suis employé avec pas mal de zèle mais n'y suis parvenu que dans des moments de grande lassitude. La lassitude disparue, mes efforts se révélaient vains. Il faut que la modestie soit un état bien peu naturel, pour qu'on n'y atteigne qu'à la faveur de l'épuisement.

Ce naufragé qui, échouant sur une île et y apercevant aussitôt une potence, au lieu d'en être effrayé, fut au contraire, rassuré. Il se trouvait chez des sauvages, c'est entendu, mais dans un endroit où l'ordre régnait.

Je pense plus que de raison aux émotions d'un païen après la volte-face de Constantin. Ma vie : perpétuelle terreur devant les dogmes, devant les dogmes naissants.
Les dogmes flageolants en échange me séduisent, car ils ont perdu leur agressivité. Cependant, les sachant menacés, je ne puis oublier que c'est leur déliquescence qui prépare l'avènement d'un monde que je redoute. Et la sympathie qu'ils m'inspirent finit par alimenter mon effroi...

Le succès, les honneurs et tout le bataclan ne sont excusables que si celui qui les connaît *sent* qu'il finira mal. Il les acceptera donc uniquement pour, au moment venu, *jouir* pleinement de sa dégringolade.

«Je n'ai rien vu d'aussi impassible dans le marbre glacé des statues», écrit Barras sur Robespierre. — Je me demande si l'imperturbabilité de cette crapule superbe que fut Talleyrand n'était pas une copie ultra-raffinée des manières et du style de l'Incorruptible.

Fonder une famille. Je crois qu'il m'aurait été plus aisé de fonder un empire.

Le véritable écrivain écrit sur les êtres, les choses et les événements, il n'écrit pas sur l'écrire, il se sert de mots mais ne s'attarde pas aux mots, n'en fait pas l'objet de ses ruminations. Il sera tout, sauf un anatomiste du Verbe. La dissection du langage est la marotte de ceux qui n'ayant rien à dire se confinent dans le dire.

Après une maladie grave, dans certains pays d'Asie, au Laos par exemple, il arrive qu'on change de nom. Quelle vision à l'origine d'une telle coutume ! Au vrai, on devrait changer de nom après chaque expérience importante.

Seule une fleur qui tombe est une fleur totale, a dit un Japonais.
On est tenté d'en dire autant d'une civilisation.

La base de la société, de toute société, est un certain *orgueil d'obéir*. Quand cet orgueil n'existe plus, la société s'écroule.

Ma passion de l'histoire dérive de mon flair pour le caduc et de mon appétit du *fichu.*

Seriez-vous *réac*? — Si vous voulez, mais dans le sens où Dieu l'est.

On est et on demeure esclave aussi longtemps que l'on n'est pas guéri de la manie d'espérer.

Il est réconfortant de pouvoir se dire : Ma vie correspond trait pour trait au genre d'enlisement que je me souhaitais.

Pendant une trentaine d'années, mon père a administré des milliers et des milliers de fois l'extrême-onction. Pas plus que le fossoyeur, son « compagnon », il n'avait le sentiment de la mort, sentiment qui n'a rien à voir avec le *cadavre,* sentiment intime, le plus intime de tous, et qu'on éprouverait, si on est prédestiné à le ressentir, même dans un monde où personne n'aurait l'occasion de mourir.

Ces moments où l'on se comporte comme si rien n'avait jamais été, où toute attente est suspendue faute d'instants, et où, au plus profond de soi, on chercherait en pure perte la moindre parcelle d'être entachée encore de Possible.

Cette nonagénaire s'éteint sans maladie, elle n'a rien, elle se meurt uniquement parce qu'elle ne peut plus durer... En entrant chez elle, je la trouvai à demi assoupie. Elle eut la force de murmurer : « C'est la fin de la vie, c'est la fin de la vie. — Qu'importe ! Il ne faut pas s'en faire », lui ai-je répliqué. Elle esquissa un sourire incertain, peut-être méprisant. J'ai dû lui paraître ou trop naïf ou trop cynique, ou les deux à la fois.

Quand je vois quelqu'un batailler pour quelque cause que ce soit, je cherche à savoir ce qui se passe dans son esprit et d'où peut bien provenir son manque si évident de maturité. Le refus de la résignation est peut-être un signe de « vie », jamais en tout cas de clairvoyance, ou simplement de réflexion. L'homme sensé ne s'abaisse pas à protester. À peine consent-il à l'indignation. Prendre au sérieux les affaires humaines témoigne de quelque carence secrète.

Un anthropologiste qui était allé étudier les Pygmées constata avec stupeur que les tribus qui vivaient alentour le dédaignaient et le tenaient à l'écart, parce qu'il frayait avec une peuplade inférieure, les Pygmées étant à leurs yeux des gens de rien, des « chiens », indignes d'éveiller le moindre intérêt.
Il n'y a pas plus exclusiviste qu'un instinct vigoureux, inentamé. Une communauté se consolide dans la mesure où elle est inhumaine, où elle sait exclure... Les « primitifs » y excellent. Ce ne sont pas eux, ce sont les « civilisés » qui ont inventé la tolérance, et ils périront par elle. Pourquoi l'ont-ils inventée ? Parce qu'ils étaient en train de périr... Ce n'est pas la tolérance qui les a affaiblis, c'est leur faiblesse, c'est leur vitalité déficiente qui les a rendus tolérants.

Les deux femmes que j'ai le plus pratiquées : Thérèse d'Avila et la Brinvilliers.

Les obsédés du pire, on leur en veut même au moment où l'on reconnaît la justesse de leurs appréhensions et de leurs avertissements. On est beaucoup plus indulgent pour celui qui s'est trompé parce qu'on croit que son aveuglement était le fruit de l'enthousiasme et de la générosité, tandis que l'autre, prisonnier de sa lucidité, ne serait qu'un lâche, incapable d'assumer le risque d'une illusion.

Tout compte fait, l'âge des cavernes n'était pas l'idéal. L'époque immédiatement postérieure, oui, celle où, après une si longue claustration, on pouvait enfin penser *dehors*.

Je ne lutte pas contre le monde, je lutte contre une force plus grande, contre ma *fatigue* du monde.

Cette vieille sexualité est tout de même quelque chose. Depuis que la vie est vie, on a eu raison, il faut bien le dire, d'en faire si grand cas. Comment expliquer qu'on se lasse de tout, sauf d'elle ? Le plus ancien exercice du vivant ne pouvait ne pas nous marquer, et l'on comprend que celui qui ne s'y adonne pas soit un être à part, un déchet ou un saint.

Plus on a subi d'injustices, plus on risque de verser dans l'infatuation ou dans l'orgueil carrément. Toute victime se flatte d'être un élu à rebours et réagit en conséquence, sans se douter qu'elle rejoint par là le statut même du Diable.

Dès qu'on revient au Doute (si tant est qu'on l'ait jamais quitté), entreprendre quoi que ce soit paraît moins inutile qu'extravagant. On ne rigole pas avec lui. Il vous travaille en profondeur comme une maladie ou, plus efficacement encore, comme une foi.

Tacite fait dire à Othon décidé à se tuer mais persuadé par ses soldats de différer son geste : « Eh bien, ajoutons encore une nuit à notre vie. »
... Il faut espérer pour lui que sa nuit ne ressemblait pas à celle que je viens de passer.

D'après le Talmud, l'impulsion mauvaise est innée ; la bonne n'apparaît qu'à treize ans... Cette précision, malgré son caractère comique, ne manque pas de vraisemblance, et elle nous dévoile l'incurable timidité du Bien, en face du Mal installé confortablement dans notre substance et y jouissant des privilèges que lui confère sa qualité de premier occupant.

Le Messie, pour les Juifs, ne pouvait être qu'un roi triomphant ; en aucun cas, une victime. Trop ambitieux pour se contenter d'un crucifié, ils attendaient quelqu'un de *fort*. Leur chance fut de ne pas s'apercevoir que le Christ l'était à sa façon. Sans quoi ils se seraient agglutinés aux hordes chrétiennes et y auraient disparu lamentablement.

Nos infirmités nous empêchent d'échapper à nous-mêmes, de devenir autres, de changer de peau, d'être capables de métamorphose. Après chaque pas en avant, elles nous font faire un pas en arrière, de sorte que nous ne pouvons progresser en rien sinon en la connaissance de notre inutile identité.

Ma mission est de tuer le temps et la sienne de me tuer à son tour. On est tout à fait à l'aise entre assassins.

L'obsession du *dernier* à propos de tout, le dernier comme catégorie, comme forme constitutive de l'esprit, comme difformité originelle, voire comme révélation...

Sur ma table, depuis des mois, un gros marteau : symbole de quoi ? Je ne sais, mais sa présence m'est bénéfique et me donne par instants cet aplomb que doivent connaître tous ceux qui s'abritent derrière une certitude quelconque.

Brusquement, besoin de témoigner de la reconnaissance non seulement à des êtres mais à des objets, à une pierre parce qu'elle est pierre... Comme tout s'anime ! On dirait pour l'éternité. D'un coup, *inexister* paraît inconcevable. Que de tels frissons surviennent, puissent survenir, cela montre que le dernier mot ne réside peut-être pas dans la Négation.

Visite d'un peintre qui me raconte comment, dans le Midi, allant un soir rendre visite à un aveugle et le trouvant seul, en pleine obscurité, il ne put s'empêcher de le plaindre et de lui demander si l'existence était supportable quand on ne voit pas la lumière. « *Vous ne savez pas ce que vous perdez* », fut la réponse de l'aveugle.

Ces accès de fureur, ce besoin d'éclater, de casser la gueule à tout le monde, de gifler des univers, — comment en triompher ? Il y faudrait sur l'heure un petit tour dans un cimetière ou, bien mieux, un tour *définitif*...

Pas de jour, pas d'heure, pas même de minute sans tomber dans ce que Candrakîrti, dialecticien bouddhiste, appelle le « *gouffre de l'hérésie du moi* ».

Chez les Iroquois, quand un vieillard ne pouvait plus chasser, les siens lui proposaient soit de l'abandonner au loin en le laissant mourir de faim, soit de lui briser la tête à l'aide d'un tomahawk. L'intéressé, presque toujours, optait pour cette dernière formule.

Détail important : avant de le mettre devant ce choix, la famille au complet chantait la *Chanson du grand Remède.*
Quelle société « avancée » a jamais fait preuve de tant de bon sens ou de tant d'humour ?

Depuis longtemps j'ai usé tout ce que j'avais comme disponibilités religieuses. Dessèchement ou purification ? Je ne saurais le dire. En mon sang ne traîne plus aucun dieu...

Ne jamais perdre de vue que la plèbe regretta Néron. C'est ce qu'on devrait se rappeler toutes les fois qu'on est tenté par quelque chimère que ce soit.

Dire que depuis si longtemps je ne fais que m'occuper de mon cadavre, que m'employer à le rafistoler, au lieu de le jeter au rebut, pour le plus grand bien de tous les deux !

De tous les misérables, seuls méritent compassion ceux qui, au milieu des nuits, face à l'impossibilité de fermer l'œil, voudraient secouer l'espace, pousser des rugissements ou, tout au moins, un cri, mais qui ont tout juste la force de chuchoter des anathèmes.

Je discerne de moins en moins ce qui est bien et ce qui est mal. Quand je ne ferai plus aucune distinction entre l'un et l'autre, à supposer que j'y parvienne un jour, — quel pas en avant ! Vers quoi ?

Qu'elle semble juste cette idée de la Kabbale, selon laquelle le cerveau, les yeux, les oreilles, les mains et même les pieds, ont une âme distincte qui n'est qu'à eux ! Ces âmes seraient des « étincelles » d'Adam... Ce qui paraît moins évident...

En descendant l'escalier, j'entends à l'étage du dessous cet octogénaire d'apparence robuste chanter d'une voix tonitruante : *Miserere nobis.* Je remonte une demi-heure après, et j'entends de nouveau le même « *miserere* », aussi pressant que tout à l'heure. — La première fois, j'ai eu un sourire ; la seconde fois, un saisissement.

Cette paix d'outre-tombe que l'on éprouve quand on s'abstrait du monde. Je crus soudain percevoir un sourire en train d'envelopper l'espace. Qui souriait ? de qui émanait ce grand bonheur qui submerge les visages des momies ? En un instant j'avais rejoint *l'autre côté*, en un instant il me fallut en revenir, bien indigne de partager plus longtemps le secret des morts.

Je n'ai pas connu à proprement parler l'indigence. J'ai connu en échange, sinon la maladie, du moins *l'absence de santé*, ce qui me délivre du remords de n'avoir pas vécu dans la misère.

Comment savoir si on est dans le vrai ? Le critère en est simple : si les autres font le vide autour de vous, point de doute que vous êtes plus près de l'essentiel qu'eux.

Ressaisis-toi, reprends confiance, n'oublie pas qu'il n'est pas donné à n'importe qui d'avoir idolâtré le découragement sans y succomber.

Marché aux oiseaux. Quelle force, quelle détermination dans ces minuscules corps frénétiques ! La vie réside dans ce rien... consternant qui anime un tantinet de matière, et qui sort pourtant de cette matière même et s'évanouit avec elle. Mais la perplexité demeure : impossible d'expliquer cette fièvre, cette danse perpétuelle, cette représentation, ce spectacle que la vie s'offre à elle-même. Quel théâtre que le souffle !

Tous ces passants font songer à des gorilles veules et fatigués, et qui en auraient assez d'imiter l'homme.

S'il existait quelque trace d'un ordre providentiel, chacun devrait savoir exactement quand il a fait son temps et disparaître toutes affaires cessantes. Comme en pareille matière il y a toujours du pour et du contre, on attend, on dialogue avec soi, et les heures et les jours passent dans l'interrogation et l'indignité.
À l'intérieur d'une société parfaite, on signifierait à chacun de vider les lieux dès l'instant où il commencerait à se survivre. L'âge n'y serait pas toujours le critère, vu que tant de

jeunes sont indiscernables de fantômes. Toute la question serait de savoir comment choisir ceux dont la mission consisterait à se prononcer sur la dernière heure de tel ou tel.

Si on parvenait à être *conscient* des organes, de *tous* les organes, on aurait une expérience et une vision absolue de son propre corps, lequel serait si présent à la conscience qu'il ne pourrait plus exécuter les obligations auxquelles il est astreint : il deviendrait lui-même conscience, et cesserait ainsi de jouer son rôle de corps...

Je n'ai cessé d'incriminer mon sort mais si je ne l'avais fait, comment l'aurais-je affronté ? Le mettre en accusation était ma seule chance de m'en accommoder et de le subir. Il me faut donc continuer à l'accabler — par instinct de conservation et par calcul, par égoïsme en somme.

Un jeune homme et une jeune fille, tous les deux muets, se parlaient par gestes. Qu'ils avaient l'air heureux !

De toute évidence, la parole n'est pas, ne peut être, le véhicule du bonheur.

Plus on progresse en âge, plus on court après les honneurs. Peut-être même la vanité n'est-elle jamais plus active qu'aux approches de la tombe. On s'agrippe à des riens pour ne pas s'aviser de ce qu'ils recouvrent, on trompe le néant par quelque chose de plus nul encore.

L'état de santé est un état de non-sensation, voire de non-réalité. Dès qu'on cesse de souffrir, on cesse d'exister.

La folie n'étouffe pas l'envie, elle ne la calme même pas. Témoin X., qui sort du cabanon, plus venimeux que jamais. Si la camisole de force n'arrive pas à modifier le fond d'un être, qu'espérer d'une cure ou même de l'âge ? Après tout, la démence est une secousse plus radicale que la vieillesse. Comme on voit, elle-même semble bien ne rien arranger.

Sachant ce que je sais, je ne devrais plus courir le risque de la moindre surprise. Cependant le danger existe, que dis-je ? il est quotidien. Telle est ma faiblesse. Quelle honte, à la vérité, que de pouvoir être encore comblé ou déçu !

Mourir est une supériorité peu recherchée. C'est ce que je me disais en écoutant ce vieillard qui a peur de la mort, qui y pense sans arrêt. Que ne donnerait-il pas pour l'esquiver ! Avec un acharnement risible il essaie de me convaincre qu'elle est inévitable... Telle qu'il se la figure, elle paraît encore plus certaine qu'elle ne l'est en réalité. Sans ennuis de santé malgré son âge, sans tracas matériels, sans attaches d'aucune sorte, il remâche indéfiniment la même frayeur, alors qu'il pourrait passer sans transes le temps qui lui reste à vivre. Mais non, la « nature » lui a infligé ce tourment pour le punir d'avoir échappé aux autres.

La plénitude comme extrémité du bonheur n'est possible que dans les instants où l'on prend conscience en profondeur de l'irréalité et de la vie et de la mort.
Ces instants sont rares en tant qu'expériences,

bien qu'ils puissent être fréquents dans l'ordre de la réflexion. En ce domaine, n'existe que ce qu'on sent. Or, l'irréalité sentie et cependant transcendée à l'intérieur d'un même acte est une performance qui rivalise avec l'extase et parfois l'éclipse.

III

Hésiode : « Les dieux ont caché aux hommes les sources de la vie. » — Ont-ils bien, ont-ils mal fait ? Ce qui est certain, c'est que les mortels n'auraient pas eu le courage de continuer après une telle révélation.

Lorsqu'on sait ce que valent les mots, l'étonnant est qu'on s'évertue à énoncer quoi que ce soit et qu'on y arrive. Il y faut, il est vrai, un toupet surnaturel.

X. me fait savoir qu'il aimerait me rencontrer. J'accepte avec empressement. Plus l'heure du rendez-vous approche, plus s'éveillent en moi de vieux instincts homicides. Conclusion : ne jamais consentir à rien, si on veut avoir bonne opinion de soi.

Je passe mon temps à conseiller le suicide par écrit et à le déconseiller par la parole. C'est que dans le premier cas il s'agit d'une issue philosophique ; dans le second, d'un être, d'une voix, d'une plainte...

Dans le sermon de Bénarès, le Bouddha cite parmi les causes de la douleur la soif du devenir et la soif du non-devenir. La première soif, on comprend, mais pourquoi la seconde ? Courir après le non-devenir n'est-ce pas se libérer ? Ce qui est visé ici ce n'est pas le but mais la course comme telle, la poursuite et l'attachement à la poursuite. — Par malheur, sur le chemin de la délivrance n'est *intéressant* que le chemin. La délivrance ? On n'y atteint pas, on s'y engouffre, on y étouffe. Le nirvâna lui-même, — une asphyxie ! La plus douce de toutes néanmoins.

Qui n'a pas la bonne fortune d'être un monstre, dans n'importe quel domaine, y compris la sainteté, inspire mépris et envie.

Celui qui traîne une infirmité depuis longtemps, on ne pourra jamais le prendre pour un velléitaire. Il s'est *réalisé* d'une certaine façon. Toute maladie est un titre.

Est nécessairement vulgaire tout ce qui est exempt d'un rien de funèbre.

Strindberg, vers la fin de sa vie, en était arrivé à prendre le Jardin du Luxembourg pour son Gethsémani.
... J'y ai vu aussi une manière de Calvaire — étiré, il est vrai, sur une quarantaine d'années !

Dès qu'on va chez un spécialiste, on a l'impression d'être le dernier des derniers, le rebut de la Création, une balayure. Il ne faudrait pas savoir *de quoi* on souffre, et encore moins de quoi on meurt. Toute précision dans ce domaine est impie, parce qu'elle enlève *d'un mot* ce minimum de mystère que la mort, et même la vie, sont censées receler.

Être un Barbare et ne pouvoir vivre que dans une serre !

La douleur, en même temps qu'elle nous sape, augmente notre orgueil. Notre ennemie se charge de notre défense.

Une prière sans frein, une prière destructrice, pulvérisante, une prière irradiant la Fin !

Dans mes accès d'optimisme, je me dis que ma vie a été un enfer, *mon* enfer, un enfer à mon goût.

Je ne manque pas d'air, non, mais je ne sais quoi en faire, je ne vois pas pourquoi je respirerais...

Puisque la mort est l'équilibre même, *vie* et *déséquilibre* sont indiscernables : un exemple unique de synonymes parfaits.

Tout ce que j'ai conçu se ramène à des malaises dégradés en généralités.

La fièvre anime une œuvre, — pour combien de temps ? Souvent la passion est cause que des ouvrages datent, alors que d'autres, produits par la fatigue, affrontent époque après époque. Intemporelle lassitude, pérennité du dégoût froid !

À la frontière espagnole, quelques centaines de touristes, la plupart scandinaves, attendaient devant la douane. On apporte un télégramme à une dame forte, visiblement ibérique. Elle apprend, en l'ouvrant, le décès de sa mère et se met aussitôt à pousser des rugissements. Quelle aubaine, me disais-je, de pouvoir se décharger aussitôt de son chagrin, au lieu de le dissimuler, de le stocker, comme aurait fait n'importe laquelle de ces blondasses qui regardaient ahuries et qui, victimes de leur discrétion et de leur tenue, se ruineront un jour chez le psychanalyste.

Le meilleur moyen de consoler un malheureux est de l'assurer qu'une malédiction certaine pèse sur lui. Ce genre de flatterie l'aide à mieux supporter ses épreuves, l'idée de malédiction supposant élection, misère de choix. Même à l'agonie un compliment porte : l'orgueil ne disparaît qu'avec la conscience et même il lui survit parfois, comme il arrive dans nos rêves où une adulation peut agir si intensément qu'elle nous réveille brusquement, et nous laisse extatiques et honteux.

La preuve que l'homme exècre l'homme ? Il suffit de se trouver au milieu d'une foule, pour se sentir aussitôt solidaire de toutes les planètes mortes.

Le suicide, seul acte vraiment normal, par quelle aberration est-il devenu l'apanage des tarés ?

... Better be with the dead
... Than on the torture of the mind to lie
In restless ecstasy.

Macbeth, — mon frère, mon porte-parole, mon messager, mon alter ego.

Déceler au plus profond de soi un mauvais principe qui n'est pas assez fort pour se manifester au grand jour ni assez faible pour se tenir tranquille, quelque chose comme un démon insomnieux, hanté par tout le mal dont il a rêvé, par toutes les horreurs qu'il n'a pas perpétrées...

Il n'est personne qui ne le débine. Je le défends contre tous, je me refuse à porter un jugement moral sur quelqu'un qui, adolescent, ayant été appelé à identifier le cadavre de son père à la morgue, réussit, en trompant la vigilance du gardien, à y rester et à y passer la nuit. Un tel exploit vous donne droit à tout, et il est naturel qu'il l'ait compris ainsi.

« Je me permets de prier pour vous. » — « Je le veux bien. Mais *qui* vous écoutera ? »

On ne saura jamais si, dans ce qu'il écrit sur la Douleur, ce philosophe traite d'une question de syntaxe ou de la première, de la reine des sensations.

On ne s'entretient avec profit qu'avec les emballés qui ont cessé de l'être, avec les ex-naïfs... Calmés enfin, ils ont fait, de gré ou de force, le pas décisif vers la Connaissance, — cette version impersonnelle de la déception.

S'employer à guérir quelqu'un d'un « vice », de ce qu'il possède de plus profond, c'est attenter à son être, et c'est bien ainsi qu'il l'entend lui-même, puisqu'il ne vous pardonnera jamais d'avoir voulu qu'il se détruise à votre façon et non à la sienne.

Ce n'est pas l'instinct de conservation qui nous fait durer, c'est uniquement l'impossibilité où nous sommes de *voir* l'avenir. De le voir ? de l'imaginer seulement. Si nous savions tout ce qui nous attend, plus personne ne s'abaisserait à persister. Comme tout désastre futur demeure abstrait, nous ne pouvons nous l'assimiler. Nous ne l'assimilons d'ailleurs même pas lorsqu'il s'abat sur nous, et se *substitue* à nous.

Quelle folie d'être attentif à l'histoire ! — Mais que faire lorsqu'on a été *transpercé* par le Temps ?

Je m'intéresse à n'importe qui, sauf aux *autres.* J'aurais pu être tout, hormis législateur.

Au fait d'être incompris ou dédaigné s'allie un plaisir indéniable que connaissent tous ceux qui ont œuvré sans écho. Ce genre de satisfaction, teintée d'arrogance, se perd petit à petit, car, avec le temps, tout est menacé, y compris l'idée démesurée qu'on se faisait de soi, facteur de toute ambition comme de tout ouvrage, durable ou caduc.

Celui qui, ayant fréquenté les hommes, se fait la moindre illusion sur eux, devrait être condamné à se réincarner, pour apprendre à observer, à voir, pour se mettre un peu à la page.

L'apparition de la vie ? Une folie passagère, une frasque, une fantaisie des éléments, une toquade de la matière. Les seuls qui aient quelque raison de ronchonner sont les êtres individuels, victimes pitoyables d'une lubie.

Dans un livre d'inspiration orientale, l'auteur laisse entendre qu'il est rempli, qu'il est « saturé de sérénité ». — Il ne nous fait pas savoir clairement, le cher homme, comment il s'y est pris, et on comprend aisément pourquoi.

Les vivants, — des réprouvés tous, mais ils ne le savent pas. Moi qui le sais, en suis-je plus avancé ? Oui, je le suis, je *crois* souffrir plus qu'eux.
« Sauve-moi de cette heure-ci », clame l'*Imitation.* « Sauve-moi de toutes les heures », eût été plus juste.

X. est l'homme dont pendant des années et des années j'ai étudié les défauts, dans le dessein de m'améliorer... Il accordait de l'importance à tout. J'ai compris que c'était la seule chose à ne pas faire. Son exemple, toujours présent à mon esprit, de combien d'enthousiasmes ne m'a-t-il pas libéré !

Quel saisissement en tombant sur ce passage où Jacqueline Pascal loue les progrès que son frère était en train de faire dans le « désir d'être anéanti dans l'estime et la mémoire des hommes » !
C'est la voie que j'espérais prendre, que j'ai

même prise quelquefois, mais sur laquelle je devais m'embourber...

Pendant les mauvaises nuits, il arrive un moment où l'on cesse de s'agiter, où l'on dépose les armes : une paix s'ensuit, triomphe invisible, récompense suprême après les affres qui l'ont précédée. *Accepter* est le secret des limites. Rien n'égale un lutteur qui renonce, rien ne vaut l'extase de la capitulation...

Selon Nâgârjuna, esprit subtil s'il en fut, et qui est allé au-delà même du nihilisme, ce que le Bouddha a offert au monde c'est le « nectar de la vacuité ». Aux confins de l'analyse la plus abstraite et la plus destructrice, évoquer un breuvage, fût-il celui des dieux, n'est-ce pas une faiblesse, une concession ? — Si loin qu'on se soit avancé, on traîne partout l'indignité d'être — ou d'avoir été — homme.

À ce dîner bruyant, nous devisions de choses et d'autres. Tout à coup, le portrait souriant de X. attira mes regards. Qu'il paraissait content, et quelle lumière émanait de sa figure ! Heureux toujours, même en peinture !

Voilà que je me mis à l'envier, et à lui en vouloir comme s'il m'avait volé mes chances. Et puis, soulagement, bien-être soudain, en me rappelant qu'il était mort.

De plus en plus je donne raison à Épicure quand il se moque de ceux qui par attachement aux intérêts de leur patrie n'hésitent pas à sacrifier ce qu'il appelle la *couronne de l'ataraxie.*

Face à la mer, je remâchais des hontes anciennes et récentes. Le ridicule de s'occuper de soi quand on a sous les yeux le plus vaste des spectacles ne m'échappa pas. Aussi ai-je vite changé de sujet.

Au milieu de la nuit, plongé dans un livre on ne peut plus frivole, je pense tout à coup à un ami disparu il y a longtemps et dont le jugement m'importait. Que dirait-il s'il voyait comment j'emploie mes heures tardives ? Le point de vue des morts devrait seul compter, car seul vrai, si tant est qu'on puisse parler de vérité en quelque circonstance que ce soit.

Quand on vient au monde avec une conscience lourde, comme si on avait perpétré de rares forfaits en une autre vie, on a beau en commettre de quelconques durant cette existence-ci, on n'en trimbale pas moins des remords dont on ne parvient à déceler ni l'origine ni la nécessité.

Après avoir fait une saloperie, on en est presque toujours consterné. Consternation impure : à peine la ressent-on, qu'on se rengorge, fier d'avoir éprouvé une si noble indignation, fût-ce contre soi.

Ce qu'on écrit ne donne qu'une image incomplète de ce qu'on est, pour la raison que les mots ne surgissent et ne s'animent que lorsqu'on est au plus haut ou au plus bas de soi-même.

En songeant tout à l'heure à l'*infinité du temps*, je n'ai pas eu, piètre individu, la décence de m'évanouir. On ne devrait pas pouvoir rester debout après avoir perçu tout ce que cache d'effrayant un pareil cliché.

À regarder les photos d'une personne à des âges différents, on entrevoit pourquoi le Temps a été qualifié de magicien. Les opérations qu'il accomplit sont invraisemblables, stupéfiantes, des miracles mais des miracles à rebours. Ce magicien est plutôt un démolisseur, un ange sadique, préposé au Visage.

Pendant que X. me téléphone d'un asile d'aliénés, je me dis qu'on ne peut rien pour un cerveau, qu'il est impossible de le remettre en état, qu'on ne voit pas comment agir sur des milliards de cellules détériorées ou rebelles, bref qu'on ne *répare* pas le Chaos.

L'expression concentrée ou convulsive, la mimique de l'ambitieux, me soulève le cœur. C'est que dans ma jeunesse j'étais moi-même en proie à des ambitions effrénées, et qu'il me répugne maintenant de retrouver chez autrui les stigmates de mes débuts.

La part de profondeur et la part d'esbroufe dans toute formule obscure, comment les démêler ? La pensée nette s'arrête à elle-même, victime de sa probité ; l'autre, floue, s'étend au loin, et se sauve par son mystère suspect et cependant inattaquable.

Dans les heures de veille, chaque instant est si plein et si vacant, qu'il se pose en rival du Temps.

Pensent *profondément* ceux-là seuls qui n'ont pas le malheur d'être affligés du sens du ridicule.

Dans les maux de la vie, la faculté de se tuer est, selon Pline, « le plus grand bienfait qu'ait reçu l'homme ». Et il plaint la Divinité d'ignorer une telle tentation et une telle chance.
S'apitoyer sur l'Être suprême parce qu'il n'a pas la ressource de se donner la mort ! Idée incomparable, idée prodigieuse, qui à elle seule consacrerait la supériorité des païens sur les forcenés qui devaient bientôt les supplanter.
Qui dit sagesse ne dit jamais sagesse *chrétienne*, pour le motif que cela n'a existé ni n'existera. Deux mille ans inutiles. Toute une religion condamnée avant de naître.

Dans mon enfance, profond ébranlement quand j'entendis mon père raconter, retour du cimetière, comment une jeune mère, ayant perdu sa petite fille, éclata de rire au moment où l'on descendait le cercueil dans la tombe. Accès de folie ? Oui et non. Car lorsqu'on assiste à un enterrement, devant l'absolue duperie soudainement démasquée, n'a-t-on pas envie de réagir tout comme cette femme ? C'est trop fort, c'est presque de la provocation, la nature *exagère.* On conçoit qu'on puisse sombrer dans l'hilarité.

Les états dont la cause est identifiable ne sont pas féconds ; seuls nous enrichissent ceux qui viennent sans que nous sachions pourquoi. Cela est particulièrement vrai des états excessifs, des abattements et des joies qui menacent l'intégrité de notre esprit.

Faire paraître des gémissements, des interjections, des bribes... met tout le monde à l'aise. L'auteur se place ainsi dans une position d'infériorité par rapport au lecteur, et le lecteur lui en sait gré.

Chacun a le droit de s'attribuer l'ascendance qui lui convient, et qui *l'explique* à ses propres yeux. Que de fois n'ai-je pas changé d'ancêtres !

L'indolence nous sauve de la prolixité et par là même de l'impudeur inhérente au rendement.

Ce vieux philosophe, quand il voulait expédier quelqu'un, le taxait de « pessimiste ». Comme qui dirait « salaud ». Était pessimiste pour lui quiconque répugnait à l'utopie. C'est ainsi qu'il notait d'infamie tout ennemi des fariboles.

Contribuer, sous quelque forme que ce soit, à la ruine d'un système, de n'importe quel système, c'est ce que poursuit celui qui ne pense qu'au hasard des rencontres, et qui ne consentira jamais à penser pour penser.

Le Temps ne ronge pas seulement tout ce qui vit, il se ronge encore lui-même, comme si, las de continuer, et excédé du Possible, de sa meilleure part, il aspirait à l'extirper.

Il n'y a pas un autre monde. Il n'y a même pas ce monde-ci. Qu'y a-t-il alors ? Le sourire intérieur que suscite en nous l'inexistence patente de l'un et de l'autre.

On ne saurait se méfier assez de l'euphorie. Plus elle dure, plus on doit s'en alarmer. Rarement justifiée, elle surgit triomphante, et non seulement sans aucune raison sérieuse mais encore sans le moindre prétexte. Au lieu de s'en réjouir, il vaudrait mieux y voir un présage, un avertissement...

On est troublé aussi longtemps que l'on se trouve en face d'un choix ; dès l'instant que l'on élimine la possibilité même de choisir et que l'on assimile l'option à l'erreur, on s'oriente vers la béatitude de l'être non affilié. Tout conflit paraissant alors infondé, déraisonnable, pour qui et pour quoi combattre, souffrir, se dévorer ? Mais l'homme est un animal fourvoyé, et quand il tombe en proie au doute, s'il en vient à ne plus prendre plaisir à faire la guerre à autrui, il se tourne vers soi pour se torturer sans merci. Il convertit le doute en abîme, et, introduisant une note sombre dans le pyrrhonisme, transforme, à l'instar de Pascal, la suspension du jugement en une interrogation désespérée.

L'amitié est un pacte, une convention. Deux êtres s'engagent tacitement à ne jamais claironner ce que chacun *au fond* pense de l'autre. Une espèce d'alliance à base de ménagements. Quand l'un d'eux signale publiquement les défauts de l'autre, le pacte est dénoncé, l'alliance rompue. Aucune amitié ne dure si l'un des partenaires cesse de jouer le jeu. En d'autres termes, aucune amitié ne supporte une dose exagérée de franchise.

J'avais un peu plus de vingt ans, le philosophe avec qui je parlais, un peu plus de soixante. Je ne sais comment nous en vînmes à aborder un thème aussi ingrat que celui de la maladie. « La dernière fois que j'ai été malade, m'avoua-t-il, je devais avoir onze ans. Depuis, plus rien. »
Cinquante ans de santé ! Je n'avais pas une

admiration illimitée pour mon philosophe mais cet aveu me le fit mépriser instantanément.

Nous sommes tous dans l'erreur, les humoristes exceptés. Eux seuls ont percé comme en se jouant l'inanité de tout ce qui est sérieux et même de tout ce qui est frivole.

Je ne serais réconcilié avec moi-même que le jour où j'accepterais la mort comme on accepte un dîner en ville : avec un dégoût amusé.

On ne devrait importuner quelqu'un que pour lui annoncer un cataclysme ou pour lui faire un compliment qui lui donnerait le tournis.

Il faut être maboul pour se lamenter sur la disparition de l'homme, au lieu d'entonner un : « Bon débarras ! »

Une exception inutile, un modèle dont personne n'a cure — tel est le rang auquel on doit aspirer si on veut se rehausser à ses propres yeux.

Si le sceptique admet à la rigueur que la vérité existe, il laissera aux innocents l'illusion de croire la posséder un jour. Quant à moi, déclare-t-il, je m'en tiens aux apparences, je les constate et n'y adhère que dans la mesure où, en tant qu'être vivant, je ne puis faire autrement. J'agis comme les autres, j'exécute les mêmes actes qu'eux mais je ne me confonds ni avec mes paroles ni avec mes gestes, je m'incline devant les coutumes et les lois, je fais semblant de partager les convictions, c'est-à-dire les marottes, de mes concitoyens, tout en sachant qu'en dernière analyse je suis aussi peu *réel* qu'eux.
Qu'est-ce donc que le sceptique ? — Un fantôme... conformiste.

Il faudrait vivre, disiez-vous, comme si l'on ne devait jamais mourir. — Ne saviez-vous donc pas que tout le monde vit ainsi, y compris les obsédés de la Mort ?

Assister à son amoindrissement, contempler l'édition *raisonnable* de l'halluciné que l'on a été !

On concède généralement sans trop d'embarras qu'on a fait son temps, mais ce qu'on n'avoue jamais c'est qu'on trouve un certain plaisir à se survivre. Et cette satisfaction clandestine, répugnante, est ressentie par un bon quart de l'humanité...

Nier le péché originel serait une preuve qu'on n'a jamais élevé d'enfants.
... Je n'en ai pas élevé, il est vrai, mais il me suffit de me rappeler mes réactions quand j'en étais moi-même un, pour ne plus avoir le moindre doute sur la première en date de nos flétrissures.

Cet homme si vulnérable, cet écorché, s'étonne, aveuglement incompréhensible, que sa progéniture donne des signes inquiétants. Les délicats ne devraient pas procréer, ou, s'ils le font, qu'ils sachent au moins vers quels remords ils se dirigent.

La vie est plus et moins que l'ennui, bien que ce soit dans l'ennui et par l'ennui que l'on discerne ce qu'elle vaut. Une fois qu'il s'insinue en vous et que vous tombez sous son invisible hégémonie, tout paraît insignifiant à côté. On pourrait en dire autant de la douleur. Assurément. Mais la douleur est localisée, tandis que l'ennui évoque un mal sans siège, sans support, sans rien sinon ce rien, inidentifiable, qui vous érode. Érosion pure, dont l'effet n'est pas perceptible, et qui vous métamorphose lentement en une ruine inaperçue des autres, et presque inaperçue de vous-même.

Les obsessions macabres ne gênent pas la sexualité. Au contraire. On peut très bien voir les choses comme un moine bouddhiste, et faire preuve de quelque vigueur. Cette étrange compatibilité rend illusoire la prétention de s'accomplir par l'ascèse.

Ce sont nos maux qui, heureusement, nous préservent des vertiges abstraits, conventionnels, « littéraires ». En échange, ils nous gratifient de vertiges proprement dits.

Avoir lancé plus de blasphèmes que tous les démons réunis, et se voir maltraité par des organes, par les caprices d'un corps, d'un sous-produit !

Celui qui n'a pas souffert n'est pas un *être* : tout au plus un individu.

On se fait une très haute idée de soi pendant les intervalles où l'on méprise la Mort ; en revanche, lorsqu'on la regarde avec la bassesse de l'effroi, on est plus vrai, plus *profond*, comme cela arrive chaque fois qu'on se refuse à la philosophie, à l'attitude, au mensonge.

Comme cette amie, rencontrée au hasard d'une promenade, s'ingéniait à me convaincre que le « Divin » était présent dans toutes les créatures sans exception, je lui opposai : « Dans celle-ci aussi ? », en désignant une passante d'apparence intolérablement vulgaire. Elle ne sut que répondre, tant il est vrai que la théologie et la métaphysique abdiquent devant l'autorité du détail mesquin.

Tous les germes, bons et mauvais, sont en nous, sauf celui du renoncement. Quoi d'étonnant que nous nous agrippions aux choses spontanément et qu'il nous faille de l'héroïsme pour le mouvement inverse ? Si la faculté de renoncer nous avait été octroyée, nous n'aurions eu d'autre effort à fournir que de *condescendre* à exister.

Prendre parti ou y répugner, épouser une doctrine ou les rejeter toutes en bloc — un égal orgueil dans les deux cas, avec cette différence qu'on risque d'avoir à rougir de soi beaucoup plus dans le premier cas que dans le second, la *conviction* étant à l'origine d'à peu près tous les égarements, comme de toutes les humiliations.

« Votre livre est raté. » — « Sans doute, mais vous oubliez que je l'ai voulu tel, et que même il ne pouvait être *réussi* que de la sorte. »

Mourir à soixante ou à quatre-vingts ans est plus dur qu'à dix ou à trente. L'accoutumance à la vie, voilà le hic. Car la vie est un vice. Le plus grand qui soit. Ce qui explique pourquoi on a tant de peine à s'en débarrasser.

Quand il m'arrive d'être content de tout, même de Dieu et de moi, je réagis aussitôt comme celui qui, par une journée radieuse, se tracasserait parce que le soleil dans quelques milliards d'années ne manquera pas d'exploser.

« Qu'est-ce que la vérité ? » est une question fondamentale. Mais qu'est-elle à côté de : « Comment supporter la vie ? » Et celle-ci même pâlit auprès de cette autre : « Comment *se* supporter ? » — Voilà la question capitale à laquelle nul n'est en mesure de nous donner une réponse.

Par quel oubli m'étais-je mis à raconter, au chevet de ce malade si menacé, une promenade au cimetière de Passy et la conversation que j'y eus avec le fossoyeur de service ? Je m'arrêtai net au milieu d'une plaisanterie, ce qui ne fit qu'accentuer l'inconvenance de mon bavardage. On ne peut aborder ce genre de sujets qu'à table, lorsqu'on festoie et qu'on a besoin de quelques allusions funèbres pour mieux se mettre en appétit.

Les seuls instants qui mériteraient de survivre à l'écroulement de notre mémoire sont ceux où nous ne pouvions nous pardonner de n'être pas le Premier ou le Dernier.

Ceux qui ont reproché à ce philosophe de mettre son nom au bas de protestations contradictoires, de signer en même temps ou successivement pour des partis, des armées ou des thèses en conflit, sans tenir compte de ses propres options, ont oublié que la philosophie devrait être précisément cela. Car à quoi bon s'y adonner si on n'entre pas dans les raisons des autres ? De deux ennemis qui se combattent, il est douteux qu'un seul soit dans le vrai. Quand on les écoute à tour de rôle, on s'incline, si on est de bonne foi, devant les évidences de chacun, au risque de faire figure de girouette, d'être en somme *trop* philosophe.

Que penser des autres ? — Je me pose la question chaque fois que je fais la connaissance de qui que ce soit. Tellement il me paraît étrange qu'on existe et qu'on accepte d'exister.

Au Jardin des Plantes, j'ai longuement contemplé les yeux d'un alligator, son regard immémorial. Ce qui me séduit chez les reptiles, c'est leur hébétude impénétrable, qui les apparente aux pierres : on dirait qu'ils viennent *d'avant* la vie, qu'ils la précédèrent sans l'annoncer, qu'ils la fuyaient même...

« Qu'est-ce que le mal ? C'est ce qui est fait en vue d'un bonheur de ce monde. »

Abhidarmakoçavyâkhyâ

Il fallait bien un titre pareil pour faire passer une telle réponse.

En Enfer, le cercle le moins peuplé mais le plus dur de tous doit être celui où l'on ne peut oublier le Temps un seul instant.

« Il est sans importance de savoir qui je suis du moment qu'un jour je ne serai plus » — voilà ce que chacun de nous devrait répondre à ceux qui s'inquiètent de notre identité et veulent à tout prix nous claquemurer dans une catégorie ou une définition.

Tout est rien, y compris la conscience du rien.

Ce peuple mystérieux, profond, compliqué, insaisissable, qui a excellé et excelle en tout, même en déchéance, aura une fin digne de lui et connaîtra des calamités dont il n'aura pas à rougir.

On en a voulu à Homère (Héraclite lui-même prétendait qu'il méritait le fouet) parce qu'il n'y allait pas par quatre chemins, parce que ses dieux, tout comme les mortels, se comportaient en vrais scélérats. La philosophie n'était pas encore venue les rendre convenables, les anémier, les adoucir. Jeunes, vivants et bien vivants, ils communiaient avec les humains dans la passion du funeste. L'aurore d'une mythologie, l'histoire en témoigne, est ce qu'on doit redouter le plus. L'idéal serait des dieux *fatigués*, et éternels. Par malheur, arrivés au stade où la lassitude succède à la férocité, ils ne subsistent pas longtemps.

D'autres, vigoureux, incléments, les remplaceront. Et c'est ainsi qu'on retombe du serein dans le sinistre, du repos dans l'épopée.

Abominable Clio !

Elle n'est nullement désolante l'idée que plus personne ne se souviendra de l'accident qu'on a été, qu'il ne subsistera pas la moindre trace d'un *moi,* quêteur de supplices dont aucun tortionnaire n'a jamais osé rêver.

Incapable de vivre dans l'instant, seulement dans l'avenir et le passé, dans l'anxiété et le regret ! Or, les théologiens sont formels, c'est cela la condition et la définition même du pécheur. Un homme sans présent.

Tout ce qui arrive est à la fois naturel et inconcevable.
C'est la conclusion qui s'impose, que l'on considère les grands ou les petits événements.

Se réveiller chaque matin dans les dispositions d'un républicain au lendemain de Pharsale.

Un dégoût, un dégoût — à en perdre l'usage de la parole et même de la raison.
Le plus grand exploit de ma vie est d'être encore en vie.

Les vagues se mettraient-elles à réfléchir, elles croiraient qu'elles avancent, qu'elles ont un but, qu'elles progressent, qu'elles travaillent pour le bien de la Mer, et elles ne manqueraient pas d'élaborer une philosophie aussi niaise que leur zèle.

Si on avait une perception infaillible de ce qu'on est, on aurait tout juste encore le courage de se coucher mais certainement pas celui de se lever.

Depuis toujours je me suis débattu avec l'unique intention de cesser de me débattre. Résultat : zéro.
Heureux ceux qui ignorent que mûrir c'est assister à l'aggravation de ses incohérences et que c'est là le seul progrès dont il devrait être permis de se vanter.

Tout ce que j'ai abordé, tout ce dont j'ai discouru ma vie durant, est indissociable de ce que j'ai vécu. Je n'ai rien inventé, j'ai été seulement le secrétaire de mes sensations.

IV

Épictète : « Le bonheur ne consiste pas à acquérir et à jouir mais à ne pas désirer. » — Si la sagesse se définit par opposition au Désir, c'est parce qu'elle s'emploie à nous rendre supérieurs aux déceptions courantes, ainsi qu'aux déceptions dramatiques, inséparables, les unes et les autres, du fait de désirer, d'attendre, d'espérer. C'est surtout des déceptions capitales qu'elle veut préserver, la sagesse étant spécialisée dans l'art d'affronter ou de subir les « coups du sort ». De tous les Anciens, ce furent les stoïciens qui poussèrent le plus loin cet art. À les en croire, le sage possède un statut exceptionnel dans l'univers : les dieux sont à l'abri des maux ; lui est *au-dessus*, il est investi d'une force qui lui permet de vaincre tous ses désirs. Les dieux sont encore assujettis aux leurs, ils vivent dans la servitude ; lui seul y échappe. Comment s'élève-t-il à l'insolite, comment en vient-il à surclasser tous les êtres ? La portée de son statut, il paraît qu'il ne la discerne pas dès l'abord : il est bien au-dessus des hommes et des dieux, mais il doit attendre un certain temps avant de s'en aviser. Qu'il ne lui soit pas facile de comprendre sa position, on l'admet volontiers et cela d'autant plus que l'on se demande quand et où l'on a vu une si prodigieuse anomalie, un pareil spécimen de vertu et d'orgueil. Le sage, prétend Sénèque, détient sur Jupiter le privilège de pouvoir mépriser les avantages de ce monde et de refuser d'en bénéficier, tandis que Jupiter, n'en ayant nul besoin et les écartant d'emblée, n'a ni l'occasion ni le mérite d'en triompher.

Jamais l'homme n'a été placé si haut. Une vision tellement exagérée, où faut-il en chercher l'origine ? — Né à Chypre, Zénon, le père du stoïcisme, était un Phénicien hellénisé, qui garda jusqu'à la fin de sa vie sa qualité de métèque. Antisthène, le fondateur de l'école cynique (dont le stoïcisme est la version améliorée ou dénaturée, comme on veut), naquit

à Athènes, d'une mère thrace. Dans ces doctrines il y a très évidemment quelque chose de non grec, un style de pensée et de vie surgi d'autres horizons. On est tenté de soutenir que tout ce qui *étonne* et *détonne* dans une civilisation avancée est le produit de nouveaux venus, d'immigrants, de marginaux avides d'éblouir..., d'une pègre raffinée.
Avec l'avènement du christianisme, le sage cessa d'être un exemple ; on se mit à vénérer à sa place le saint, variété convulsive du sage et, par là même, plus accessible aux masses. Malgré sa diffusion et son prestige, le stoïcisme demeura l'apanage des milieux délicats, l'éthique des patriciens. Eux disparus, il devait disparaître à son tour. Le culte de la sagesse allait s'éclipser pour longtemps, on pourrait presque dire pour toujours. On ne le retrouve en tout cas pas dans les systèmes modernes, conçus chacun, non pas tant par un anti-sage que par un *non-sage.*

Si, au lieu de mourir à trente-deux ans, l'Apostat avait atteint un grand âge, aurait-il réussi à étouffer la superstition naissante ? On peut en douter, et il devait en douter lui-même, car s'il y avait cru, il ne serait pas allé se battre contre les Parthes et risquer stupidement sa vie, alors que l'attendait un combat autrement important. À coup sûr il sentait que son entreprise était vouée à l'échec. Autant périr quelque part à la périphérie de l'Empire.

Je viens de lire dans une biographie de Tchekhov que le livre qu'il a le plus annoté est celui de Marc Aurèle.
Voilà un détail qui me comble autant qu'une révélation.

Les choses qui dépendent de nous et celles qui n'en dépendent pas. — Comment les départager ? Je ne sais.
Parfois je me sens responsable de tout ce que je fais, alors que, en y réfléchissant bien, j'ai suivi une impulsion dont je n'étais pas maître ; — d'autres fois, je me crois conditionné et asservi, et cependant je n'ai fait que me conformer à un raisonnement conçu en dehors de toute contrainte, même... rationnelle.
Impossible de savoir quand et comment on

est libre, quand et comment manœuvré. Si, chaque fois, on voulait s'examiner pour identifier la nature précise d'un acte, on déboucherait plutôt sur un vertige que sur une conclusion. On en déduira que s'il y avait une solution au problème du libre arbitre, la philosophie n'aurait aucune raison d'exister.

Nous ne pouvons concevoir l'éternité qu'en éliminant tout le périssable, tout ce qui *compte* pour nous. Elle est absence, elle est l'être qui ne remplit aucune des fonctions de l'être, elle est privation érigée en on ne sait quoi, elle n'est donc rien ou, tout au plus, une fiction estimable.

Pas plus que l'extase véritable, l'euphorie, extase frivole, n'est un phénomène naturel mais une déviation, une hérésie, un état aberrant et cependant inespéré, pour lequel il faut payer ; et c'est pour cela que chaque fois qu'on le connaît on doit s'attendre à une « *expiation* », soit immédiate, soit tardive, en tout cas inévitable. *Jubiler*, sous n'importe quelle forme, entraîne, à des degrés divers, migraine, nausée ou quelque chose d'aussi pitoyable, d'aussi dégradant.

Signe irrécusable d'inaccomplissement spirituel : toute réaction passionnée au blâme, et ce pincement au cœur à l'instant même où nous sommes visés d'une façon ou de l'autre. C'est le cri du vieil Adam en chacun de nous et qui prouve que nous n'avons pas encore vaincu nos origines. Aussi longtemps qu'on n'aspire pas à être méprisé, on est comme les autres, comme ceux qu'on méprise justement.

X. qui, au lieu de regarder les choses en face, a jonglé toute sa vie avec des concepts et abusé de termes sans référence concrète, maintenant qu'il lui faut envisager sa propre mort, le voilà aux abois. Heureusement pour lui, il se lance, à son habitude, dans des abstractions, dans des lieux communs rehaussés par le jargon. Un escamotage prestigieux, telle est la philosophie. Mais, en définitive, *tout est escamotage,* sauf cette assertion même qui participe d'un ordre de propositions qu'on n'ose mettre en cause parce qu'elles émanent d'une certitude incontrôlable et comme *antérieure* à la carrière du cerveau.

C'était en hiver, au Luxembourg, un peu après l'ouverture. Personne, sauf un couple : lui, un vieillard maigre et fringant ; elle, jeune, l'air d'une fille de ferme. Le brouillard était si dense que même de près, ils paraissaient des ombres. Tous les dix pas, ils s'arrêtaient pour s'embrasser en se précipitant l'un contre l'autre avec un emportement comme je n'en avais pas vu encore. Était-ce de la joie, était-ce du désespoir dans cette frénésie à une heure si matinale et si peu propice aux effusions ? Et si dehors ils se déchaînaient ainsi, comment se les figurer dans l'intimité ? En les suivant je me disais que toute acrobatie à deux était erreur, duperie mais duperie à part, erreur inclassable.

Se démener en pleine nuit, faire toutes sortes d'exercices, avaler des comprimés, — pourquoi ? pour espérer l'éclipse de ce phénomène, de cette apparition néfaste qu'est la conscience. Seul un être conscient, seul un infirme, a pu inventer une expression comme *s'engouffrer* dans le sommeil, gouffre en effet mais gouffre rare, inaccessible, gouffre interdit, scellé, où l'on voudrait tant s'engloutir !

Jeune, je rêvais de tout mettre sens dessus dessous. Je suis arrivé à un âge où l'on ne renverse plus, où l'on est renversé. Entre les deux extrémités, que s'est-il passé ? Quelque chose qui n'est rien et qui est tout : cette évidence informulable qu'on n'est plus le même, qu'on ne sera plus jamais le même.

Chaque individu qui disparaît entraîne l'univers avec soi : du même coup tout est supprimé, tout. Justice suprême qui légitime et réhabilite la mort. Partons donc sans regret, puisque rien ne nous survit, notre conscience étant la seule et l'unique réalité : elle abolie, tout est aboli, même si nous *savons* que cela n'est pas vrai objectivement et qu'en fait rien ne consent à nous suivre, rien ne daigne s'évanouir avec nous.

Dans un jardin public, cette pancarte : « À cause de l'état (*âge et maladie*) des arbres, il est procédé à leur remplacement. »

Le conflit des générations, même ici ! Le simple fait de vivre, fût-ce pour un végétal, est affecté d'un coefficient fatal. Aussi n'est-on content de respirer que lorsqu'on oublie que l'on est vivant.

Rien ne stimule autant que le récit d'une conversion. Au lieu de remontants, on devrait prescrire les confessions d'illuminés, de *régénérés* : quelle vitalité, quel appétit d'illusion, quel éclat dans tout mensonge neuf, et même vieux ! Au contact de la vérité en revanche, tout s'assombrit, et tout vous devient contraire, comme si son rôle était de vous faire perdre tous vos moyens.

Il paraît qu'en Chine, pour les délicats, écouter avec attention le tic-tac d'une horloge est (ou plutôt était, car tout cela sent le passé) le plaisir le plus subtil. Cette attention, en apparence *matérielle*, au Temps, est en réalité un exercice hautement philosophique, dont on obtient, en s'y livrant, des résultats merveilleux dans l'immédiat, dans l'immédiat seulement.

L'Ennui, produit corrosif de la hantise du Temps, aurait raison du granit lui-même, et on demande à des avortons comme moi d'y faire face !

Toute une époque de ma vie me semble à peine imaginable aujourd'hui, tant elle m'est devenue étrangère. Comment ai-je pu être celui que j'étais ? Mes emballements d'alors me paraissent dérisoires. De la fièvre dépensée en vain.
Si j'étendais cette optique à l'ensemble de ma vie, n'arriverais-je pas à regarder tout ce que j'ai vécu comme un leurre ou une fumisterie ou comme l'inconcevable même ? Et si par exemple on avait cette perception au moment d'expirer ? Mais il n'est pas nécessaire d'attendre cet instant : à la faveur de certains éveils, on s'aperçoit que les fondations d'une existence sont aussi fragiles que les apparences qui les recouvrent, et qu'on n'a même pas la ressource de les estimer pourries, puisqu'elles sont tout bonnement inexistantes.

Après tout, les braves gens ont raison de ne vouloir contempler la Fin, surtout quand on voit l'état de ceux qui s'y emploient.

Nous oublions le corps, mais le corps ne nous oublie pas. Maudite mémoire des organes !

J'ai toujours déploré et mes acquiescements et mes phobies !
Que ne me suis-je pas jeté dans l'orgie de l'abstention !

Ce qui peut se dire manque de réalité. N'existe et ne compte que ce qui ne passe pas dans le mot.

Malheur au livre qu'on peut lire sans s'interroger tout le temps sur l'auteur !

Nietzsche, fier de son « instinct », de son « flair », s'il a senti l'importance d'un Dostoïevski, combien d'erreurs en revanche, et quel engouement pour quantité d'écrivains de seconde et de troisième zone ! Ce qui est confondant, c'est qu'il ait cru lui aussi que

derrière Shakespeare se cachait Bacon, le moins poète des philosophes.
Si on dressait la liste de toutes les bourdes qu'il a commises, on s'apercevrait vite qu'elles égalent en nombre et en gravité celles de Voltaire, avec toutefois, pour Nietzsche, cette circonstance atténuante : il s'est trompé souvent par *volonté* d'être ou de paraître frivole, alors que l'autre n'avait pas besoin d'en faire l'effort.

Penser, c'est courir après l'insécurité, c'est *se frapper* pour des riens grandioses, s'enfermer dans des abstractions avec une avidité de martyr, c'est chercher la complication comme d'autres l'effondrement ou le gain. Le penseur est par définition *âpre au tourment.*

Si la mort n'était une manière de solution, les vivants auraient certainement trouvé un moyen quelconque de la tourner.

Pour Alcméon de Crotone, contemporain de Pythagore, la maladie était due à une rupture d'équilibre entre le chaud et le froid, l'humide et le sec, éléments contraires qui

nous constituent. Quand l'un d'eux l'emporte et fait la loi, la maladie survient. Elle ne serait donc que la « monarchie », comme il disait, de l'un de ces éléments, tandis que la santé résulterait d'une égalité entre eux.
Cette vision a du vrai : point de déséquilibre qui ne surgisse d'une prééminence abusive de tel ou tel organe aux dépens des autres, de l'*ambition* qu'il a de s'imposer, de proclamer, de *crier* sa présence : à force de se démener, de se faire remarquer, il dérange l'organisme tout entier et en compromet l'avenir. Un organe malade est un organe qui s'émancipe du corps et le tyrannise, le perd et se perd, et cela uniquement pour parader, pour s'ériger en vedette.

Il ne rime à rien de dire que la mort est le but de la vie. Mais que dire d'autre ?

J'essaie de me figurer le moment où j'aurai eu raison du *dernier* désir.

Dommage que Dieu n'ait pas gardé le monopole du « moi » et qu'il nous ait donné licence de parler en notre propre nom. Il aurait été si simple de nous épargner le fléau du « je » !

« Suivre sa pente au lieu de chercher son chemin. »
Ce mot de Talleyrand me poursuit. Depuis des années, en contrecarrant ma « pente », je me tourne vers des formules de sagesse étrangères à ma nature, je m'emploie à neutraliser mes mauvais penchants, au lieu de me laisser aller, de me vouer à... moi-même. C'est un séducteur, c'est le génie du *salut* qui m'a tenté, et, en y cédant, ne fût-ce que par moments, j'ai contribué de mon mieux à la débilitation de celui que j'étais et que j'aurais dû rester.
On n'est soi qu'en mobilisant tous ses travers, qu'en se solidarisant avec ses faiblesses, qu'en suivant sa « pente ». Dès qu'on cherche son « chemin », et qu'on s'impose quelque modèle noble, on se sabote, on s'égare...

L'originalité d'un être se confond avec sa manière à lui de perdre pied. Primauté de la non-ingérence : que chacun vive et meure comme il l'entend, comme s'il avait l'heur de ne ressembler à personne, et qu'il fût un monstre béni. Laissez donc les autres tels qu'ils sont, et ils vous en seront reconnaissants. Voulez-vous à tout prix leur bonheur ? Ils se vengeront.

On n'est *vrai* que dans la mesure où l'on n'est encombré d'aucun talent.

On se repent de n'avoir pas eu le courage de prendre telle ou telle résolution ; on se repent bien davantage lorsqu'on en a pris une, n'importe laquelle. Plutôt nul acte que les conséquences d'un acte !

Paroles d'Isaac le Syrien : « Pour ce qui est de ceux qui ont atteint la perfection, voici leur signe : s'ils devaient être livrés dix fois par jour aux flammes pour l'amour du genre humain, ils trouveraient que ce n'est pas assez. » Ces ermites si prompts à se sacrifier, et qui priaient pour tout et pour tous, pour les reptiles eux-mêmes, — quelle générosité et quelle perversion ! Et quels loisirs ! Il faut avoir du temps en pagaille et une curiosité de détraqué pour s'apitoyer sur tout ce qui bouge. L'ascèse, — une dépravation sublime...

N'importe quel malade pense plus qu'un penseur. La maladie est disjonction, donc réflexion. Elle nous coupe toujours de quelque chose et quelquefois de tout. Même un idiot qui éprouve une sensation violente de douleur dépasse par là l'idiotie ; il est conscient de sa sensation et se met en dehors d'elle, et peut-être en dehors de lui-même, du moment qu'il sent que c'est *lui* qui souffre. Semblablement, il doit y avoir, parmi les bêtes, des degrés de conscience, suivant l'intensité de l'affection dont elles pâtissent.

Il n'est rien de plus mystérieux que le destin d'un corps.

Le temps n'a de signification absolue que pour les incurables.

Ne rien définir fait partie des obligations du sceptique. Mais qu'opposer au rengorgement consécutif à la moindre définition que nous venons de trouver ? Définir est une des manies les plus invétérées, et elle doit être née avec la première parole.

Tout compte fait, la philosophie n'est pas si méprisable : se cacher sous des vérités plus ou moins objectives, divulguer des accablements qui en apparence ne vous regardent pas, cultiver des transes sans visage, camoufler par le faste du verbe des appels de détresse. La philosophie ? Cri anonyme...

La conversation n'est féconde qu'entre esprits attachés à consolider leurs perplexités.

« Vous devriez venir à la maison, car nous pourrions mourir sans nous revoir. » — « Puisqu'il nous faut mourir de toute façon, nous revoir..., à quoi bon ? »

On s'endort toujours avec un contentement qui ne se laisse pas décrire, on glisse dans le sommeil et on est heureux de s'y enfouir. Si on se réveille à contrecœur, c'est qu'on ne quitte pas sans déchirement l'inconscience, véritable et unique paradis. Autant dire que l'homme n'est comblé que lorsqu'il cesse d'être homme.

« La médisance, proclame le Talmud, est un péché aussi grave que l'idolâtrie, l'inceste et le meurtre. » — Très bien. Mais s'il est possible de vivre sans tuer, sans coucher avec sa mère et sans sacrifier au veau d'or, par quel subterfuge passer d'un jour à l'autre sans haïr son prochain et se haïr en lui ?

Entre une gifle et une indélicatesse, on supporte toujours mieux la gifle.

Quand, au lever, on est mal luné, il est inévitable qu'on aboutisse à quelques découvertes atroces, ne fût-ce qu'en s'observant.

Grande exposition d'insectes. Au moment d'y entrer, je fis demi-tour. Je n'étais pas en veine d'*admirer*.

C'est une terrible mortification mais supportable tout de même, que d'être né au milieu d'un peuple qui ne fera jamais parler de lui.

Tout le monde se trompe, tout le monde vit dans l'illusion. On peut admettre au mieux une échelle des fictions, une hiérarchie des irréalités, donner la préférence à telle plutôt qu'à telle autre, mais *opter*, non, décidément non.

Il n'est guère que la perception du vide qui permet de triompher de la mort. Car si tout manque de réalité, pourquoi, elle, en serait-elle pourvue ?

Plus encore que dans le poème, c'est dans l'aphorisme que le mot est dieu.

Comment s'étendre le lendemain sur une idée dont on s'était occupé la veille ? — Après n'importe quelle nuit, on n'est plus le même, et c'est tricher que de jouer la farce de la continuité. — Le *fragment*, genre décevant sans doute, bien que seul honnête.

Chacun attend d'être mis hors circuit par les lésions ou les années, alors qu'il serait si simple de mettre un terme *à tout cela.* Les individus, comme les empires, affectionnent une longue fin honteuse.

Comment expliquer que tout ce que nous voulons faire et, plus encore, tout ce que nous faisons, nous paraît capital ? L'aveuglement qui fit sortir Dieu de sa flemme première se retrouve dans le moindre de nos gestes — et c'est là notre grande excuse.

Durant toute la matinée je n'ai fait que répéter : « L'homme est un abîme, l'homme est un abîme. » — Il m'a été hélas ! impossible de trouver mieux.

La vieillesse, en définitive, n'est que la punition d'avoir vécu.

L'ennui, qui a l'air de tout approfondir, n'approfondit en fait rien, pour la raison qu'il ne descend qu'en lui-même et ne sonde que son propre vide.

L'espoir est la forme *normale* du délire.

Ma carence en *être*. On ne peut durer sans assises, bien que je m'y évertue.

J'ai beau faire, je ne vois pas *ce* qui pourrait exister.

La chose la plus difficile n'est pas de s'attaquer à une de ces grandes questions insolubles mais bien d'adresser à quelqu'un un petit mot délicat où tout est dit et rien.

Un rêve curieux sur lequel je préfère ne pas m'arrêter. Tel ou tel l'aurait décortiqué. Quelle erreur ! Laissons les nuits enterrer les nuits.

Quand on aime une langue tant pour ses vertus manifestes que pour ses vertus latentes, la manière sacrilège dont les linguistes la traitent les rend si odieux, qu'on se rallierait volontiers au premier régime qui les pendrait d'office.

On ne peut citer Pascal qu'en français. Il est le seul prosateur qui, même parfaitement traduit, perd son accent, sa substance, son unicité, et cela parce que les *Pensées*, à force d'être débitées, ont tourné en rengaines, en clichés. Rengaines inouïes, clichés fulgurants. Or, on ne peut toucher aux clichés, qu'ils soient brillants ou nuls, il faut les servir inentamés, dans leur expression originelle et rebattue, tels des éclairs ressassés.

On a prétendu que « s'accepter soi-même » était indispensable si on voulait produire, « créer ». Le contraire est vrai. C'est parce qu'on ne s'accepte pas qu'on se met à œuvrer, qu'on se penche sur les autres et, avant tout, sur soi, pour savoir qui est cet inconnu rencontré à chaque pas, qui refuse de décliner son identité et dont on ne se débarrasse qu'en s'en prenant à ses secrets, qu'en les violant et les profanant.

Un livre léger et irrespirable, qui serait à la limite de tout, et ne s'adresserait à personne.

Ramasser sa pensée, astiquer des vérités dénudées, n'importe qui peut y arriver à la rigueur ; mais la *pointe*, faute de quoi un raccourci n'est qu'un énoncé, qu'une maxime sans plus, exige un soupçon de virtuosité, voire de charlatanisme. Les esprits entiers ne devraient pas s'y risquer.

Est sûrement mauvais l'auteur qui prétend écrire pour la postérité. On ne doit pas savoir pour qui on écrit.

Réfléchir, c'est faire un constat d'impossibilité. Méditer, c'est donner à ce constat un titre de noblesse.

Que vaut-il mieux : s'accomplir dans l'ordre littéraire ou dans l'ordre spirituel, avoir du talent ou posséder une force intérieure ?
La seconde formule semble préférable, car plus rare et plus enrichissante. Le talent est voué au tarissement, la force intérieure en revanche augmente avec les années, elle peut même arriver à son apogée au moment où l'on expire.

Au dire de Julius Capitolinus, son biographe, Marc Aurèle aurait porté « aux plus grands honneurs » les amants de sa femme.
La sagesse rejoint l'extravagance, et d'ailleurs

un sage ne mérite de s'appeler tel que dans la mesure où il est un original, un *numéro.*

Si l'équilibre, sous toutes ses formes, étouffe l'esprit, la santé, elle, l'éteint carrément.

Je n'ai jamais pu savoir ce que *être* veut dire, sauf parfois en des moments éminemment non philosophiques.

On n'est comblé que lorsqu'on n'aspire à rien, et qu'on s'imprègne de ce rien jusqu'à en devenir ivre.

Si je devenais aveugle, ce qui m'ennuierait le plus, c'est de ne plus pouvoir regarder jusqu'à l'idiotie le défilé des nuages.

Il n'est pas normal d'être en vie, puisque le vivant en tant que tel n'existe, n'est vraiment réel, que s'il est *menacé.* La mort ne serait en somme que la cessation d'une anomalie.

Un enfant qui, à deux ans et demi, ne sourit pas, doit, paraît-il, inspirer des inquiétudes.

Le sourire serait un signe de santé, d'équilibre. Le fou, il est vrai, rit plus qu'il ne sourit.

On vit dans le faux aussi longtemps qu'on n'a pas souffert. Mais quand on commence à souffrir, on n'entre dans le vrai que pour regretter le faux.

Devant cet entassement de tombes, on dirait que les gens n'ont d'autre souci que de mourir.

Un inconnu voudrait savoir si je vois toujours X. — Je lui réponds que non, je détaille les raisons de mon éloignement avec une précision telle que, réveillé, je m'interroge comment dans un rêve on peut exposer si rigoureusement une situation alors que tout le reste plonge dans le pêle-mêle, le grotesque et l'anarchie du sommeil. C'est la *logique de la rancœur*, de quelque chose qui brave tout, même le Chaos.

Peut-on avoir de la trempe sans tomber dans le fanatisme ? Le malheur veut que la *force d'âme* y verse toujours. Le « héros » lui-même n'est qu'un fanatique déguisé.

Toute la matinée — sensations bizarres : envie de me manifester, de faire des projets, de décréter, de *travailler*. Délire, transports, ébriété, bien-être indomptable. Par bonheur, la fatigue est venue m'assagir, me rappeler à l'ordre, au néant de chaque minute.

Le pire, ce n'est pas le cafard ni le désespoir mais leur rencontre, leur collision. Être broyé entre les deux !

Suis-je un sceptique ? Suis-je un flagellant ? — Je ne le saurai jamais, et c'est tant mieux.

Celui qui n'a pas eu la bonne fortune de mourir jeune ne laissera qu'une image caricaturale de son orgueil.

La désolation est tellement liée à ce que je sens qu'elle en acquiert la facilité d'un réflexe.

« Attenter à ses jours » — quelle expression juste ! Ce que nous possédons c'est en effet cela : des jours, des jours et c'est tout ce à quoi nous pouvons porter atteinte.

Dans l'ennui ordinaire, on n'a envie de rien, on n'a même pas la curiosité de pleurer ; dans l'excès d'ennui, c'est tout le contraire, car cet excès incite à l'action, et pleurer en est une.

Dans ce port normand, on vient d'attraper un gros poisson qui s'appellerait « Poisson de lune », et qui aurait été entraîné par un courant chaud, car il ne vit pas dans ces régions. Étendu sur la jetée, il se secoue et se tord, puis se calme et ne bouge plus. Une agonie sans affres, une agonie modèle.

S'il n'y avait cette stupeur abjecte face à la mort, seuls quelques détraqués résisteraient au *charme* qu'elle ne manquerait pas d'exercer sur tout individu normalement constitué.

La théologie distingue la gloire essentielle de la gloire accidentelle. Nous ne connaissons et comprenons que la seconde. L'autre seule importe.

Tout *projet* est une forme camouflée d'esclavage.

Se résigner ou se faire sauter la cervelle, tel est le choix devant lequel on est mis à certains tournants. De toute manière, la seule vraie dignité est celle d'exclu.

J'ai commencé à baisser à partir du moment où l'extase a cessé de me visiter, où l'extraordinaire est sorti de ma vie. À la place devait s'installer un étonnement stérile et anxieux, qui risque à la longue de se dévaluer, de s'avachir, de perdre tout, même l'anxiété.

Il n'est pas exact que l'idée de la mort nous débarrasse de toute pensée vile. Elle ne nous fait même pas rougir d'avoir de telles pensées.
Rien ne nous corrige de rien. L'ambitieux demeure tel jusqu'à son dernier souffle et poursuivrait fortune et renommée même si le globe était sur le point de voler en éclats.

En ce moment, je suis *seul.* Que puis-je souhaiter de mieux ? Un bonheur plus intense n'existe pas. Si, celui d'entendre, à force de silence, ma solitude *grandir.*

Suivant la mythologie sumérienne, le déluge fut le châtiment que les dieux infligèrent à l'homme à cause du bruit qu'il faisait. — Que ne donnerait-on pas pour savoir de quelle manière ils le récompenseront pour le vacarme de maintenant !

J'ai tant tourné autour de l'idée de la mort, que je mentirais si je disais où j'en suis par rapport à elle. Ce qui est sûr, c'est qu'il m'est impossible de m'en passer, de remâcher autre chose...

La timidité, source inépuisable de malheurs dans la vie pratique, est la cause directe, voire unique, de toute richesse intérieure.

L'homme, ci-devant animal, mais animal encore, est meilleur et pire que l'animal. Le surhomme, s'il était possible, serait meilleur et pire que l'homme. Un *indésirable*, des plus inquiétants, et dont on ne saurait sans légèreté escompter la venue.

Grande folie que de se lier aux êtres et aux choses, plus grande encore de croire qu'on puisse s'en délier. Avoir voulu renoncer à tout prix et n'être toujours qu'un *candidat* au renoncement !

Seul l'attirail verbal de la métaphysique — si toutefois on condescend à s'en servir — parvient à relever quelque peu l'existence. Dès qu'on la considère sans aucune espèce de pompe ni de fioritures, elle se réduit à un piètre prodige.

La mort est ce que la vie a inventé jusqu'ici de plus solide.

Le moment capital du drame historique est hors de notre portée. Nous n'en sommes que les annonciateurs, les *trompettes* d'un Jugement sans Juge.

Le temps, complice des exterminateurs, fiche la morale par terre. Qui, aujourd'hui, en veut à Nabuchodonosor ?

Pour qu'une nation compte, il faut que la moyenne en soit bonne. Ce qu'on appelle *civilisation* ou simplement *société* n'est rien d'autre que la qualité excellente des médiocres qui la composent.

Torquemada était *sincère*, donc inflexible, inhumain. Les papes, corrompus, furent charitables, comme tous ceux qu'on peut acheter.

Leurs anciennes lois interdisaient aux Juifs de prédire l'avenir. Juste défense. Car s'ils avaient prévu ce qui les attendait, auraient-ils eu la force de se maintenir, d'être eux-mêmes, d'affronter les surprises d'un tel destin ?

« Les forces n'agissent pas de bas en haut, mais de haut en bas », a dit un auteur hermétique.
Cela peut être vrai mais ne s'applique en aucune façon au déroulement historique, où le *submergement* est la loi.

Aucun système, aucune doctrine d'action ne peut se réclamer d'Épicure, adversaire de tout chambardement, de toute promesse, de l'ostentation liée au moindre pas en avant. Personne jamais ne l'a cité sur des barricades. Sa position est une position de repli, et s'il a voulu réformer les hommes, c'était pour les ramener *en deçà* de ce qu'ils poursuivent. Le plus intraitable ennemi du zèle, le pourfendeur par excellence du Mieux et du Pire.

Proverbe chinois : « Quand un seul chien se met à aboyer à une ombre, dix mille chiens en font une réalité. »
À mettre en épigraphe à tout commentaire sur les idéologies.

C'est un avantage insigne que de pouvoir contempler la fin d'une religion. Qu'est-ce à côté que la chute d'une nation et même d'une civilisation ? Assister à l'éclipse d'un dieu et des énormités millénaires qui s'y rattachent provoque de plus une jubilation que peu de générations, dans le cours des temps, ont eu la faveur de connaître ou seulement de deviner.

Nous sommes déterminés mais nous ne sommes pas des automates. Nous sommes plus ou moins libres à l'intérieur d'une fatalité... imparfaite. Nos conflits avec les autres et avec nous-mêmes ouvrent une brèche dans notre geôle, et il est très vrai qu'il existe des degrés de liberté, comme il existe des degrés de pourriture.

Accorder à la vie plus d'importance qu'elle n'en a est l'erreur que l'on commet dans les régimes fléchissants ; il en résulte que plus personne n'est prêt à se sacrifier pour les défendre, et qu'ils s'écroulent sous les premiers coups qu'on leur porte. Cela est encore plus vrai des peuples en général. Dès qu'ils commencent à tenir la vie pour *sacrée,* elle les abandonne, elle cesse d'être de leur côté.

La liberté est une dépense, la liberté exténue, tandis que l'oppression fait accumuler des forces, empêche le gaspillage d'énergie résultant de la faculté qu'a l'homme libre d'extérioriser, de projeter au-dehors *ce qu'il a de bon.* On voit pourquoi les esclaves l'emportent toujours à la fin. Les maîtres, pour leur malheur, se manifestent, se vident de leur substance, *s'expriment* : l'exercice sans contrainte de leurs dons, de leurs avantages de toute sorte, les réduit à l'état d'ombres. La liberté les aura dévorés.

Serf, ce peuple bâtissait des cathédrales ; émancipé, il ne construit que des horreurs.

L'homme est *inacceptable.*

Fuir les dupeurs, ne jamais proférer un *oui* quelconque !

Toute utopie en voie de se réaliser ressemble à un rêve cynique.

N'est supportable qu'une religion — ou une idéologie — *superficielle.* Malheureusement l'histoire n'en compte pas beaucoup.

Pour façonner l'homme, ce n'est pas avec de l'eau, c'est avec des larmes que Prométhée mélangea l'argile.
... Et l'on parle encore, à propos des Anciens,

de sérénité, vocable qui, à aucune époque, n'a eu le moindre contenu.

À s'enticher de causes perdues, on en arrive à penser qu'elles le sont toutes, et on ne se trompe pas complètement.

« La vie du fou est sans joie, elle est agitée, elle se porte tout entière vers l'avenir. » — Ce propos de Sénèque, cité par Montaigne, on peut s'en servir pour montrer que l'obsession du sens de l'histoire est une source de dérèglements et elle l'est en effet : suivre le courant ou le contrarier, cela revient au même, puisque dans les deux cas nous ne cessons de regarder du côté du futur, en victimes consentantes ou moroses.

Depuis les temps les plus reculés, l'homme s'accroche à l'espoir d'une conflagration définitive dans le dessein de se débarrasser une fois pour toutes de l'histoire. Ce qui est remarquable, c'est qu'il ait formé ce rêve si tôt, à ses débuts en fait, lorsque les événements ne pouvaient pas l'accabler outre mesure. Il faut croire que la terreur de ce qui l'attendait, de ce que lui réservaient les siècles, était si vive, si nette, qu'elle se changea vite en certitude, en vision, en espérance...

« J'avais en moi l'instinct d'une issue fatale » — ce mot prononcé à Sainte-Hélène, n'importe qui a le droit de l'articuler : il convient même à l'équipée humaine en général, dont il explique le caractère trouble, les ambiguïtés, le flou et le tragique, l'avance haletante, l'acheminement vers l'étape finale, vers le règne de larves et de fantoches.

Novalis : « Il dépend de nous que le monde soit conforme à notre volonté. »
C'est là exactement le contraire de tout ce qu'on peut penser et ressentir au bout d'une vie, et, à plus forte raison, au bout de l'histoire...

Composition Bussière.
Impression Novoprint
à Barcelone, le 13 septembre 2004.
Dépôt légal : septembre 2004.
ISBN 2-07-031658-0./Imprimé en Espagne.

3364